놀면서 시 쓰는 날

놀면서 시 쓰는 날

시든 하루를 싱싱하게 바꿔 줄 시 창작 안내서

쓰담문고 002

초판 1쇄 발행 2021년 6월 10일
초판 4쇄 발행 2022년 6월 1일

지은이 김미희
펴낸이 이영선
책임편집 이현정

편집 이일규 김선정 김문정 김종훈 이민재 김영아 김연수 이현정 차소영
디자인 김회량 위수연
독자본부 김일신 정혜영 김연수 김민수 박정래 손미경 김동욱

펴낸곳 서해문집 | 출판등록 1989년 3월 16일(제406-2005-000047호)
주소 경기도 파주시 광인사길 217(파주출판도시)
전화 (031)955-7470 | 팩스 (031)955-7469
홈페이지 www.booksea.co.kr | 이메일 shmj21@hanmail.net

ISBN 979-11-90893-66-4 43800

쓰담 002

놀면서 시 쓰는 날

시든 하루를
싱싱하게 바꿔 줄
시 창작 안내서

김미희 지음

서해문집

해가 내 방을 오랫동안 기웃거리다 떠났다.

심드렁해지자 또 다른 누군가를 기웃대려고 갔겠지.

사랑도 그렇겠지. 따스하고 눈부시고 강렬하다가 떠나지.

시라고 다를까. 너에게서 나에게, 우리에게로 떠다니지. 조각배처럼.

자, 이리 와요. 어서 타요.

프롤로그

prologue

시인 되기 전에 시인 하자

햇살 좋은 날 오후 1시가 되면 우리 집에는 수많은 무지개 조각이 놀러 옵니다. 부엌 바닥에, 하얀 벽에, 휴지통 위에, 냉장고 문에 아무렇지도 않게 앉았다가, 둥둥 떠다니며 두어 시간을 머물다 갑니다.

어쩜 색깔이 이렇게 이쁠까요? 놀러 온 게 분명합니다. 그러지 않고서야 이런 선명한 빛깔로 웃을 수는 없으니까요. 그러다 비가 갠 어느 날 이 조각들은 저 너머 동산 위에 "모두 제자리!"를 외치며 무지개를 그리겠죠? 평소에는 뿔뿔이 흩어져 맘껏 놀다가 커다란 무지개가 되는 카드섹션.

저는 이 신비로움을 놓칠 수 없어서 시를 씁니다.

제가 과학자라면 남서향으로 난 부엌 방향과 유리에 반사된 햇빛의 각도 어쩌고를 설명할 수 있겠죠. 과학자는 과학으로 무지개를 설명할 수 있으니 뿌듯하고 저는 시로 무지개를 노래할 수 있음이 그저 좋습니다.

저는 그간《외계인에게 로션을 발라주다》《소크라테스가 가르쳐준 프러포즈》《마디마디 팔딱이는 비트를》이라는 청소년 시집을 썼습니다. 청소년을 위한 시집이라고는 하지만 저를 위한 시집이기도 합니다. 청소년을 아들딸로 둔 엄마이면서, 이 세상을 살아가는 어른으로서 위로하고 위로받고자 했으며 공감하고 격려받고 싶었습니다.

하여, 제가 시를 쓰는 건 사랑하는 일입니다. 나를 사랑하는 일, 그대를 사랑하는 일. 기쁨을 기록하는 일, 슬픔을 다독이는 일. 아픔을 쓰다듬는 일, 노래로 새기는 일. 가끔은 그 노래를 흥얼거리는 일. 주저앉았을 때 혓바닥으로 내 손등을 핥는 강아지가 되는 일, 고양이처럼 옆에 가만있어 주는 일.

일이라니 버겁게 들리나요? 이때 일은 '제일'이라고 말할 때 그 1이라고 읽어 주세요. 즐거운 1. 좋아서 하는 1. 첫째가 되는 1. 마음이 하는 1. 그런 1. 1글자. 시!

우리에게는 시가 있습니다. 그걸 잊지 않았으면 좋겠습니다.

이 책은 거창한 시 이론을 읊기보다 시 쓰기에 실제적인 도움을 주고자 쓴 실전 안내서입니다. 시로 먹고살거나 잘 써야만 하는 시인이 되는 것은 어려워도 시인 하기는 쉽습니다. 시를 쓰면 시인입니다. 시를 쓰는 한 우리는 모두 시인입니다. 우리 시인 합시다. 제가 이렇게 뜨겁게 손 내밀게요. 꼭 기억해요. 우리는 시인으로 세상에 왔다는 것을요.

햇살 좋은 오후 1시 29분에
김미희

차례

시의 씨앗들

시는 자란다

시인 하기

제주에 사는 친구가 보내온 사진입니다. 제주 삼달리에 있는 버스 정류장이죠. 기다리고, 걱정해 주고, 손 흔들어 주는 할아버지가 지킴이입니다. 푸근한 마음은 숨기고, 더없이 근엄한 표정으로 무덤덤한 척 앉아 있습니다. 할아버지 곁에 내 마음을 놓아 봅니다.

내가 같이 기다려줄게요
버스 곧 올 거예요
무슨 일로, 어디로 가세요?
하기 싫으면 굳이 얘기 안 해도 돼요
무슨 얘기를 하든 난 다 들어줄게요
내 입 무거운 거 알잖아요

버스 저기 오네요

잘 가요 아무튼 행복해야 해요

김미희, 〈버스정류장 친구〉

친구가 사진을 보낸 날, 저는 이 시를 써서 답장했습니다. 어떤 풍경이 친구에게 우연히 잡혔고 친구는 제가 생각났고 그걸 받은 저는 시가 떠올랐습니다. 지금은 시집에 실려 여러 독자를 만나고 있죠. 친구에게 풍경이 예고 없이 왔듯이 시는 누구에게 갈 거라고 예고하지 않습니다. 시를 쓰는 일은 이런 게 아닐까요. 느닷없음을 맞이하는 일이요.

하루는 시를 읽기만 하던 또 다른 친구가 이럽니다. “시가 될지 모르지만…” 하며 휴대폰 메모장에 쓴 시를 내밀더군요. 겨울 논의 짚 비닐 꾸러미(소 사료, 공룡 알이라고 부르기도 하죠)를 보다가 썼다 하더라고요. 겨울 논의 마시멜로. 누구 입에서 사르르 녹을까? 이런 구절이었죠. 저는 친구에게 짚 비닐 꾸러미에서 마시멜로를 발견할 줄 아는 시인의 눈이 달린 걸 알게 되었습니다. 와락 반가워서 칭찬을 퍼부었더니 친구 볼이 발그레해져서 손사래를 치는데 그 모습이 얼마나 이쁘던지요.

순간에 관심을 가질 때 우리가 가진 단어는 증식을 거듭합니다. 꼬물꼬물 넘쳐서 흐릅니다. 이제껏 가라앉았던 단어들이 스멀스멀

일어나 춤을 춥니다. 물이랑을 만듭니다. 나를 건드리고 간 무엇을 만나면 표현해야죠. 책을 읽다가, 길을 가다가, 얼토당토않은 일을 당해서도 마찬가지입니다. 내게 이야기가 왔다면 남겨야죠. 이야기를 남기고 이야기를 전하고 이야기의 영향을 받으며 우리는 살아갑니다. 시도 짧게 응축한 이야기입니다. 사연 없는 시가 어디 있을까요?

쓰기 귀찮아. 귀찮은 것도 당연합니다. 우리 뇌는 그걸 흘려버리라고 새살거립니다. 하지만 남겨 본 사람은 압니다. 끼적임의 가치를. 시가 내게로 온 순간들을 외면하지 마세요. 두 팔 벌려 맞아 주세요.

시는 인류가 문자를 발명할 때부터 있었습니다. 그리고 여전히 우리 곁에 있습니다. 왜 사라지지 않았을까요? 무용한 것과 유용한 것을 가차 없이, 쉽게 가려내 없애는 세상인데 말입니다.

> 문학은 써먹을 데가 없어 무용하기 때문에 유용하다. 모든 유용한 것은 그 유용성 때문에 인간을 억압하지만, 문학은 무용하므로 인간을 억압하지 않는다. 그 대신 억압에 대해 생각하게 만든다.

이는 문학평론가 김현 선생님이 하신 말씀인데요. 무용하기에 자유롭고 자유롭기에 갈망하고 갈망하기에 사라지지 않습니다. 우리에게 시는 자유입니다. 밥이 되지 않으나 밥을 밥으로 느끼게 하는 가치가 있습니다. 억압 속에서 진정한 밥맛은 일지 않으니까요.

"시가 뭐 그리 대단하다고, 시가 별건가?"

전 이 말을 좋아하기도 하고 싫어하기도 합니다. 쓰는 사람이 이렇게 말할 때는 참 맞는 말이다, 손뼉을 치고 싶고요. 읽기만 하는 사람이 이렇게 말하면 급속도로 슬퍼집니다. 얼른 그의 손을 잡고 쓰는 사람이 되라고 말하고 싶어집니다. 이 말이 우울을 낳지 않기를 바라니까요. 그래요. 시는 시시한 사람들이 쓰는 거라고 하면 저는 기꺼이 시시한 사람 할래요.

우리는 시인으로 세상에 온다

1

우리 아버지는 일흔 평생을 농사만 짓고 사셨습니다. 지금은 몸에 고장 난 데가 한두 군데가 아니어서 텃밭에 푸성귀 농사를 짓는 게 소일거리의 전부입니다. 하지만 글쓰기 조기교육은 아버지께서 시키셨습니다. 섬에서 뭍으로 공부하러 간 오빠들에게 일곱 살 때부터 편지를 쓰게 하셨죠. 저는 아버지가 셋째 오빠에게 한글 가르치는 것을 어깨너머로 보며 입학 전에 한글을 깨쳤습니다.

"니 시도 별건 아니데"

푸른문학상 수상 시집이 출간되었을 때입니다. 읽으시고는 제게 전화하셔서,

"세 명 꺼 다 봐도 뭐, 별거 없더구만. 이런 걸 상 받았다고 책 내고 그랬냐?"

털털 웃으시며 그러셨습니다. 우리 아버지는 위트를 장착하고 태어나셨거든요. 우리 애들이 할아버지는 개그맨이냐고, 외삼촌들이 웃긴 건 할아버지 닮아서라고 말할 정도입니다.

별거 없다니, 그럴 리가 없잖습니까? 차근차근 다시 읽어 보시라 했더니, "여러 번 읽어 봤지" 하시는 게 아닙니까.

저는 속으로 '어렵소, 정말 어렵소이다'를 연발했습니다. 농담이라 쳐도 기운이 빠졌습니다. 헛헛, 웃음이 나오려고 했습니다. 시 평가는 독자의 몫이니, 작가의 설명은 부질없는 짓이다 생각하며 관뒀습니다.

다음 날인가 아버지가 전화하셨습니다. 갑자기 시를 썼다며 들어 보라는 게 아닙니까.

저는 열심히 받아 적었습니다.

여보, 나 사랑해?

응, 그럼!

얼마만큼?

하늘만큼 땅만큼

정말?

아니, 달만큼!

정말?

응 별만큼! 별로 안 사랑혀!

김준택, 〈확인〉

저는 드디어 복수(?)를 하게 되었습니다.

"아버지! 이게 뭔데?" 했더니,

삐지셨나? 아버지의 응수는, "니 시도 별건 아니데."

저는 할 말을 잃었습니다. 아버지가 이겼습니다. 정말 함부로 까불다 한 방 먹은 셈입니다. 겸손해야 함을 또 아버지께 배웠습니다.

이 시를 쓰고 우리 아버지 얼마나 흐뭇하셨을까요? "별만큼 사랑해"가 "별로 안 사랑혀"가 되기까지 아버지의 메타포(은유, '숨겨진 비유'라고도 합니다)는 거기 감춰 두신 거죠. 내 시는 아버지에게 시 창작 열의를 불러일으켰으니 그걸로 한몫한 것이라 뿌듯함을 가져도 되겠다 싶었습니다.

'나도 이 정도는 쓸 수 있어!' 용기를 준 아버지.

여러분도 시인 할 수 있습니다!

우리 아버지가 시를 썼다는 것만 봐도 알 수 있잖아요.

아름다운 불량 학생

저는 초등학교에 강연을 가면 주로 40분은 시 이야기를 하고 40분은 즉석에서 백일장을 엽니다. 태어나서 이날 처음으로 시를 써 본다는 친구도 많습니다. 그럼에도 불구하고 아이들이 써낸 시를 보며 얼마나 놀라는지 모릅니다. 제가 대단한 시 창작법을 설파한 작가가 아닌가 자백(!) 하게 하죠. 지금껏 아이들은 시 쓸 기회를 못 만났을 뿐이구나, 시인으로 태어난 게 맞구나 느낍니다.

제가 설파하는 대단한 창작법은 다름 아닌 시를 보여 주는 것입니다. 제가 쓴 시와 또래 친구들이 쓴 시를 읽어 주며 시와 마주하게 하고요. 이 시들을 처음 만났을 때 느꼈던 감동과 감탄을 호들갑스럽게 들려줍니다.

그러면 아이들은 이치를 깨달은 듯, 시가 뭔지 알겠다며 일필휘지, 시를 써 나갑니다.

강연이 20분밖에 안 지났는데 "지금 써도 돼요?" 하고 묻는 친구도 있고 한참 얘기 중인데 먼저 쓰기 시작하는 친구도 있습니다. 애들이 쓰면 얼마나 쓰겠어? 얕잡아 본 생각을 일시에 날려버립니다.

우리의 굳은 생각을 말랑말랑하게 녹여 주는 시 몇 편을 만나 볼까요?

와장창!

접시가 깨졌네

어라? 접시가 번식해!

1개, 2개, 3개, 4개, 5개…

다시 한번 와장창!

어라? 더 늘어났네.

다시 한번…

이런, 엄마에게 들켰네.

조은호(언주초 4), 〈번식〉

접시가 깨진 걸 접시의 번식이라고 표현하다니. 놀랍습니다. 그동안 번식이란 말이 가진 사전적 의미만 떠올렸는데요. 이 시는 언어의 확장을 부릅니다. 조각조각 번식하는 접시. 접시가 살아 있는 생명체 같죠? 상상만으로 또 생각이 번식합니다.

낚시한다

갈매기 낚시

미끼는 새우깡

갈매기가 날아온다

배에 매달려 끌려온다

박유찬(인주초 5), 〈낚싯대〉

낚시라고 하면 우리는 당연히 물고기와 낚싯바늘이 달린 낚싯대를 떠올립니다. 그러나 유찬 님의 낚싯대는 다릅니다. 물고기가 아닌 새를 낚을 생각을 했습니다. 미끼는 새우깡. 새우깡을 들고 있는 자신이 탄 배가 곧 낚싯대입니다. 고정관념을 뒤집는 생각이죠.

러닝 머신도 한번 생각해 보세요. 무엇이 상상되나요? 헬스장 안에서 뛰는 트레드밀? 그런 뻔한 게 아닙니다. 유진 님의 러닝 머신은 등굣길입니다. 늦잠 자다 지각하면 달리게 되는 등굣길!

느낌이 싸해서 눈을 떴다.
시계를 보니 운동할 시간

준비를 다 하고 집을 나선다.
헉… 헉…

목표물 도착
열심히 뛰었지만

8시 41분.

서유진(인주초5), 〈아침 러닝 머신〉

마지막으로 윤서 님의 시를 볼까요.

불량 학생 조개가
침을 뱉었다.

퉤.

진주가 나왔다.

이윤서(인주초5), 〈불량 학생〉

이 얼마나 시원한 강펀치인가요. 우리의 붙박인 생각을 박살 냅니다. 불량 학생이라고 하면 욕하고 말을 함부로 하고 폭력을 쓰고…. 그런데 이렇게 아름다운 불량 학생도 있답니다. 바로 조개. 진주를 뱉는 조개! 불량 학생도 언제 진주를 쏟아 낼지 어떻게 알까요? 속단은 금물입니다.

잊지 마세요! 우리는 시인으로 세상에 왔다는 것을요! 시로 세상을 밝힐 수 있다는 것을요.

시가 뭐냐면

중고등학교에 가면 즉석 백일장을 열지 못합니다. 전반적인 글쓰기, 시 쓰기에 대한 개괄적인 얘기를 하죠. 마음에 그려지는 그림을 아무 여과 장치 없이 직관적으로, 떠오르는 대로 써내는 초등학생과 달리 중고생들은 '시간이 만든 걸림돌'에 갇혀 쉽게, 선불리, 막무가내로 쓰지 못하고 망설입니다. 강연 내내 망설임만 마주하다 주어진 시간을 보내버리는 게 아까워서 대부분은 즉석에서 시를 쓰자고 하지 못했습니다.

시간이 만든 걸림돌이란 이를테면 학습과 인습의 틀입니다. 국어 시간에 배운 내용이 스치면서 시가 뭐였더라? 잘 써야 한다. 뭔가 있어 보여야 한다. 주제는 뭐로 정하지? 이렇게 써내면 친구들이, 작가님이 나를 어떻게 평가할까? 나는 이 시보다 훨씬 멋있는 사람인데 오해하면 어쩌지?

이 허들을 넘으면 시가 됩니다. 시는 시일 뿐이라는 사실을 받아들이고 잘 쓰려고 할수록 더 안 써지는 반작용 법칙도 떠올려 봐요. 이건 초고야. 원석이지. 고치면 보석이 될 수 있다니까. 그런 자신감이 필요합니다. 친구들도 나처럼 낑낑댄다는 것, 보이지 않는 곳에서 걱정을 사서 한다는 것을 알면 좋겠습니다.

저는 충남청소년문학상 멘토로 매년 수백 명의 학생들 작품을 만납니다. 올해로 5회째입니다. 3월부터 9월까지 중고생들이 문학상 사이트에 작품을 올리면 일곱 분의 작가가 상시 멘토링을 해 줍니다. 멘토링을 참고해 작품을 고치고 완성해서 응모하면 각 부문을 합해 최종 40~50명이 수상을 하게 되죠. 입상자 명단에 들면 1박 2일 캠프에 참가할 수 있는 특권이 주어집니다. 거기서 글쓰기를 좋아하는 친구들, 멘토들과 문학 이야기로 밤새 꽃을 피웁니다. 수준이 얼마나 뛰어난지 작가 타이틀을 지금 당장 주어도 손색없을 작품도 있습니다.

금상을 수상한 성현주 님은 아래의 작품과 함께 두 편을 응모했는데요. 처음에는 평범했습니다. 하지만 "평범한 두 문장을 덜어 내고 한껏 기교를 부린 두 문장을 넣어 봐요"라는 멘토의 조언에 힘입어 다음 시의 마지막 연을 끌어냈죠. 평범이 비범이 되는 과정은 계속 쓰는 데 있습니다. 포기하지 않는 데 있습니다.

방과 후가 끝나 간식 시간
머리에서 경보음이 울린다
힘차게 발판을 구르고 나가 팔을 뻗어야 승리할 수 있다

오늘 간식은 보름달 쿠키
고작 쿠키인데 점심시간처럼 모두 달린다

전쟁이 끝난 듯하여 다가가 보니
어? 사람은 둘, 쿠키 하나
어려운 수학 문제처럼 머리가 멈춘다
주나가 나를 본다
양심의 심판대에 올라 어쩔 줄 모르는데
주나가 덥석 쿠키를 집어 든다
툭,
반으로 갈라 나에게 건네고는
“문제없지?”
예상치 못한 답이었다

쿠키는 반달이지만
나도 먹고 주나도 먹고
한 사람이 외로울 일은 없었다.
보름달보다 둥글었다

성현주(공주여중 1), 〈반달〉

입은 둘인데 간식은 하나라니, 아득해지는 삶의 현장이 아닐 수 없습니다. '주나'라는 현명한 친구가 있어 얼마나 다행인가요? 둘 사이에 아름다운 반달이 떴습니다. 더 무슨 설명이 필요할까요?

그리고 민식 님이 쓴 〈시〉라는 시. 읽자마자 랩이 되는 시.

아침에 일어나니 벌써 여덟 시

지각은 아니겠지 혹시

학교에선 호경이의 드립을 무시

수업 시간에 졸다 보니 이제 4교시

오늘 학교 급식 아이스 홍시

학교 끝나니 벌써 다섯 시

하굣길에 생각나는 건 메시

메시가 생각나는 건 게임 하라는 신의 계시

하지만 집에서 게임 하는 나는 엄마에게 눈엣가시

엄마는 컴퓨터 금지령을 실시

빨리 공부하라는 엄마의 지시

공부에 집중하다 보니 어느새 밤 열두 시

이제 잠을 자면 또다시

아침이 오겠지

역시…

정민식(봉황중 3), 〈시〉, 《착한 사람에게만 보이는 시》

〈시〉는 시가 뭐냐는 어리석은 질문에 현명한 답을 제시합니다.

흥겨운 노래!

시 같은 건 이렇게 맘대로 갖고 노는 것임을 보여 줍니다.

그대가 곧 시! 그렇습니다. 내가 시. 우리가 시. 지금 이곳이 시.

시는 이렇듯 내 시선이 머문 곳, 내 마음이 닿은 곳, 그곳에 언제나 있군요. 내가 알아차리길 하염없이 바라면서요.

시 놓고 ______

______ 시 먹기

2

요리와 시 쓰기는 닮았습니다. 시 요리를 생각해 볼까요?

우리에게 감자, 양파, 당근이 주어졌습니다. 이 재료를 가지고 무슨 요리를 할까요? 카레를 하는 사람, 된장찌개로 내놓는 사람, 감자볶음을 만드는 사람, 튀김을 하는 사람…. 같은 된장찌개라도 매운 된장찌개, 걸쭉한 된장찌개 등 모두 맛이 다릅니다. 같은 소재 다른 요리가 태어납니다. 또 요리만 해서는 요리사가 아닙니다. 요리나 식사 공간을 얼마나 훌륭하게 꾸미느냐도 요리사의 몫입니다. 당근을 잘라 모양내거나 당근 잎으로 식탁을 장식할 수도 있죠.

요리하듯이

주어진 상황에서 나는 어떤 요리를 할까? 이걸 정하는 건 시의 주제를 정하는 것과 같습니다. 어떤 조리법을 쓸까? 무슨 향신료를 쓸까? 이건 시의 형식에 비유할 수 있을 듯합니다.

사람들은 똑같은 음식만 먹으면 질려 합니다. 어떤 날은 패밀리 레스토랑에서 기름진 음식이 먹고 싶고 어떤 날은 담백한 산채비빔밥이 먹고 싶고 어떤 날은 라면이 먹고 싶기도 합니다. 다양한 음식을 먹고 싶어 하는데 틀에 박힌 요리만을 내놓으면 그 요리사는 인정을 별로 못 받겠죠. 하나밖에 못 하는 요리사는 요리사라 하기 어렵습니다.

물론 전문점이란 게 있습니다. 냉면 전문, 구이 전문, 손칼국수 전문 등 이건 자신의 색깔이라고 생각합니다. 누구는 생태시를 쓰고 누구는 말놀이시를 쓰고 누구는 서정시를 잘 쓰더라. 그런 특색이 있다는 것은 장점입니다. 자기만의 브랜드니까요. 그러나 전문요리도 빛깔을 다양하게 할 수 있는 요리사가 유능한 요리사이듯 시를 읽는 사람이 질리지 않게 소재나 형식을 다양하게 주무를 수 있어야겠죠. 실험과 도전도 게을리하지 않아야 하고요.

요리사가 되려면 많이 먹어 봐야 하고 많이 만들어 봐야 합니다. 발품을 팔고 시간을 내어 음식을 만나야 합니다. 각종 자료를 찾아봐야 하고 박람회장도 들러 보고, 다른 나라 요리 특징은 어떤지 우리나라 사람들 입맛에다 어떻게 맞출지 살펴보며 요리법을 연구해서 어떤 재료가 주어지든 맛난 음식으로 식탁에 올릴 수 있게 기본기를 키워 놔야 합니다. 감자 까기, 양파 까기부터 시작, 기술을 연마해 일정한 경지에 오를 때까지 노력을 들여야 하죠. 시도 마찬가지입니다.

어느 날 하늘이 시를 뚝 떨어뜨려 주진 않습니다. 다양하고 독특한 경험을 하면 더할 나위 없이 좋겠지만 그럴 수 없으니 좋은 시집을 읽고 소설을 읽고 다양한 분야의 책을 읽어야 합니다. 많이 먹어 보고 음식을 해 봐야 요리가 늘듯이 시도 많이 읽고 써 봐야 늡니다. 이미 알고 있듯이 세상 이치가 그렇습니다. 쩝.

#맛있는 시 #추천 시

바로 시를 쓰기 어렵다면 시집을 읽으며 마음에 드는 시를 골라 감상문을 쓰는 것으로 시작해도 좋습니다. 나만의 시 공책을 장만해서요. 시를 추천하는 글을 써서 친구들에게 보여 주거나 SNS에 올리는 건 어떨까요? 드라마 속 연예인들만 시집을 소개하란 법 있나요? 드라마 주인공처럼 시집 읽는 모습을 올려 주세요. 제가 '좋아요' 꼭 누를게요.

자, 시식 코너에 오신 걸 환영합니다. 제가 읽은 시와 시 감상 세 편을 맛보여 드릴게요.

마음 안에

붉은 거인 하나가
시도 때도 없이 돌아다니지.
사랑이 몸 안으로 쳐들어오면
저녁 호박꽃처럼 입 다물고 있다가도
보름밤 달맞이꽃처럼 온몸이 열리지.
생각이란 생각, 모두 촉촉하게 젖지.
아침 햇살 속 해바라기처럼
얼굴이 너무나 커다랗게 느껴지지.
세상의 모든 눈들이
나만 바라보는 것 같지.

이정록, 〈첫사랑〉_가을비단추, 《대단한 단추들》

나도 사랑을 하고 싶다. 별나라에서 온 김수현이 하는 사랑 말고, 헬리콥터 타고 사라지는 송중기가 하는 사랑 말고, 장미꽃 선물하려다 가시에 찔려 죽은 릴케의 사랑 말고, 권총 자살로 인생을 마감한 베르테르의 사랑 말고, 내 친구가 하는 사랑 말고. 내가 하는 사랑을 하고 싶다! 사랑하면 어찌 되는지 느껴 보고 싶다. 얼굴이 정말 해바라기처럼 되는지, 아프고 또 아름답다는 게 어떤 건지. 나도 사랑 '한번 해 본' 사람이 되고 싶다. 마침내 사랑이 끝나도 부끄

럽고 후회스러운 흔적 말고 아름다운 흔적 남기고 싶다.

여기, 단추들의 사랑도 보이지. 사랑하면 시를 낳지. 그러니까 열린 마음으로 사랑을 맞이할 준비하기. 오늘 우리가 할 일, 사랑이 들어가 살 성을 지을 재료부터 모으기, 좋은 시부터 찾아 모으기!

나를 가둬뒀다고 쳇바퀴만 돌리는 줄 알지
아냐, 난 생각의 바퀴를 돌리고 있어

생각의 바퀴는 지금 숲속을 달리고 있어
떡갈나무를 오르고 있어

내 생각까지 가둘 수는 없어
난 다람쥐이기를 포기하지 않았으니까

박승우, 〈다람쥐가 쳇바퀴를 돌리며 한 생각〉,
《말 숙제 글 숙제》

지랄 총량을 채워야 사춘기가 끝난다고들 한다. 우리의 지랄은 뭘까. 쳇바퀴 삶에 불만이 많다. 맞아. 지랄 중에는 불만이 들어 있지. 발명가를 비롯, 앞서 세상을 바꾼 사람들은 그러더라고. 불만 덕분에 새로워질 수 있었다고.

분명 지랄에는 상상도 있지 않을까. 생각을 그리는 건 쳇바퀴를 돌린다고 멈추진 않으니까. 꿈을 꾸는 한 상상할 거야. 상상은 꿈으로 가는 계단을 만들 테니까.

지랄의 시기는 아쉽게도 얼마 남지 않았어. 기껏해야 2~5년? 그리고 총량이 정해져 있지. 이 지랄을 무엇으로 채울까?

난 내가 되기를 포기하지 않겠어. 다람쥐가 다람쥐 되기를 포기하지 않은 것처럼. 지랄을 넘어 발광發光하는 날! 우리 그렇게 빛이 되는 날. 지금!

수박이 왔어요 달고 맛있는 수박
김씨 아저씨 1톤 트럭 짐칸에 실린 수박
저들끼리 하는 말

형님아 밑에 있으이 무겁제, 미안하다. 괘안타, 그나저나 제값에 팔리야 될 낀데. 내사 똥값에 팔리는 거 싫타. 내 벌건 속 알아주는 사람 있을 끼다 그자. 그래도 형님아 헤어지마 보고 싶을 끼다. 간지럽다 코 좀 고만 문대라. 그래 우리는 사람들 속에 들어가서 다시 태어나는 기라.

털털거리며 저들끼리 얼굴을 부비는 수박들.

이응인, 〈수박끼리〉, 《국어시간에 시 읽기 1》

나 지금 무엇이 되어야 한다면,

김씨 아저씨 1톤 트럭 짐칸에 실린 수박이 되고 싶다.

경상도 사투리를 쓰는 수박이 되어서 그저 한 손을 어깨에 척 걸치기만 해도 마음이 통하는 수박이고 싶다. 트럭에 얼굴만 내밀고 서로 부비며 도란도란, 이야기꽃을 피우고 싶다. 농부의 마음을 전할 줄 아는 수박이 되고 싶다.

나 지금 무엇이 되어야 한다면,

절대로 트럭 안 수박은 되고 싶지 않다.

뿔뿔이 헤어져야 하는 운명을 거스를 재간이 없기 때문이다.

이제 여러분의 목소리를 들려줄 차례입니다

시를 잘 쓰기 위해서는 읽기가 먼저라고 말합니다. 맞는 말입니다. 그래야 마음이 시심詩心으로 움직이고, 마음이 움직이면 생각이 움직이고, 생각이 움직이면 관찰하며 시의 씨앗을 찾고, 찾으면서 쓰고, 고치면서 완성합니다.

지금까지 소개된 시도 좋고 자신이 읽은 시집 중에서 고른 시도 좋습니다. 맛있어서 마음에 쏙 든 시를 베껴 쓴 뒤, 후기를 남겨 보세요.

시의 씨앗들

중고등학교 강연 가서 '하루에 3분만 3줄 이상을 30일 동안 쓴 사람은 작가가 된다'고 장담했죠(잊지 말라고 법칙에 이름도 붙였습니다. 3·3·3 쓰기법. 3·3·3을 강조하기 위해 저는 사랑하는 게 아니고 삼랑한다고 말했었죠. 삼랑합니다. 여러분).

그런데 하루에 3줄씩 쓰라고 하면 질문이 폭죽처럼 터집니다. 언제나 튀어나올 준비를 하고 있었다는 듯, "어떻게 써요?" "뭘 써요?" 하고 묻죠.

매일 3줄을 채울 수 있는 쉬운 방법 중 하나는 반 친구들 이름으로 3행시 쓰기입니다. 막 쓰지 마시고 멋진 시 한 편을 선물한다는 마음가짐으로 3행시를 30일간 써 보세요. 시간을 정해서 또는 시간을 정하지 않고 틈날 때마다, 3분 이상 꼭 쓰면 됩니다. 사실 일정한 시간에 쓰는 게 가장 좋습니다. 아침 등교 후 바로, 잠자기 전 등 시간을 정해 둡니다. 그러면 우리 뇌가 그 시간은 써야만 하는 시간으로 생각하고 쓸 준비 태세를 갖춰 글 마중 나옵니다.

김: 김미희 작가가 말하기를 시를 잘 쓰려면 3·3·3 하라고 했다.
미: 미련스럽게 꾸준히 3분씩 3줄 30일을 채우면 시를 잘 쓸 거라고 예언했다.
희: 희희낙락 웃음이 나게 친구들 이름으로 3행시부터 써 보란다. 우정도 각별해질 거라나.

시인의 역할이 무엇인가요? 시를 써서 자신이 즐겁고 누군가를 즐겁게 할 수 있다면 더 무엇을 바랄까요. 맞습니다. 친구 이름 3행시는 친구(독자)를 웃게 하니 시인의 행동으로 썩 어울리는 일이죠.

3행시(4행시, 5행시도 좋고) 쓰기와 더불어 모방시 쓰기도 좋아요.

제 시집을 읽고 모방시 한 권을 쓴 중학교 독서반 친구들도 있더라고요. 아주 즐겁게 읽었어요. 반 친구들이 돌아가며 한 행씩 써서 공동 창작품을 완성하는 것도 좋고요. 노래 가사 패러디 하기도 유쾌하게 할 수 있고요. 태어날 때부터 현재까지 나의 연대기를 시로 써도 좋아요. 묘비명은 어때요? 근사한 내 묘비명을 시로 써 보는 것도 의미 있는 작업이고요. 시를 극본으로 만들면서 시의 뜻을 다양한 방향으로 해석해 볼 수도 있겠죠. 시 너머를 알게 될 거예요.

어느 고등학교에 갔을 때는 복효근 시인의 〈세상에서 가장 따뜻했던 저녁〉이란 시를 보여 주고 즉흥 시극을 시켰더니 남학생 '셋'이 자원해서 나왔어요. 분명 시 속에는 서로 친구인 두 명만 나오거든요. 알고 보니 한 명은 버스정류장에 있는 화장품 광고판 속 송혜교라더군요. 이 얼마나 창의적인가요. 유머가 넘치는 시간이었습니다. 시로 웃을 수 있어서 얼마나 행복하던지요. 시 읽기, 시 쓰기가 놀이가 되면 무궁무진한 창의력의 바다가 펼쳐집니다. 마음껏 헤엄치며 놀 수 있답니다. 여러분도 '시'라는 새로운 놀이 속에 풍덩 빠져 보세요.

아직도 무엇을 쓸지 고민하나요? 글감 찾아 3만 리를 갈 작정은 설마 아니겠죠? 30리도 못 가서 발병이 날 테니까요. 30리가 아니라 3리도 갈 필요가 없습니다. 어디에나 있으니까요.

글감은 어디에나 있지만, 마음이 없으면 찾을 수 없습니다. 마음

중에서도 호기심이 있어야 합니다.

지난봄이었습니다. 횡단보도를 건너려고 신호등 앞에 섰습니다. 벚꽃이 만개했더군요. 저는 신호등은 잊고 벚꽃 앞에 멈춰 서서 꽃마다 수술의 개수를 세었습니다. 처음에는 기다리는 시간이 무료해서 시작했지만 세기 시작하자 진심으로 벚꽃 수술의 개수가 궁금했습니다. 다음 페이지에 있는 사진은 그날의 벚꽃입니다. 여러분도 세어 볼래요?

수술을 세어 보고 알게 된 사실이 있어요. 18개, 21개, 22개, 25개, 30개. 수술의 개수가 꽃마다 다르더군요. 집에 와서 검색을 했습니다. 그리고 알게 되었죠. 수학의 수식처럼 꽃에도 화식花式이 있음을요. 벚꽃은 식으로 'K5C5A∞P1'인데요. 수술의 개수가 일정치 않아서 ∞(무한대)라고 쓰는 거래요. '꽃의 가능성도 무한대구나', 언뜻 스치는 구절을 공책에 적었어요. 봄이라 밖은 꽃 천지였어요. 꽃들의 수술을 일부러 멈춰 세었어요. 아파트 화단의 매화꽃과 뒷산의 진달래꽃 수술을 세었습니다. 유채꽃 수술의 개수도 찾아봅니다. 유채꽃 수술은 6개입니다. 수술의 생김도 꽃마다 다릅니다.

검색하며 수술에 얹혀 있는 망울을 '꽃밥'이라고 부른다는 것도 알았습니다. 꽃밥이라니요! 누가 처음 수술머리에 이처럼 이쁜 이름을 지어 줬을까요. 꽃밥을 안 것이 좋아서 깡충거리다 수술이 암술에게 청혼하는 상상을 하기에 이르렀습니다. 그렇죠. 호기심은

상상을 부릅니다. 벚꽃 수술을 세어 본 날부터 여러 날 수술을 발견하는 재미에 빠져 있던 저는 다음의 시를 씁니다.

수술대 위에 동글동글
귀걸이 같은 것을
꽃밥이라 불러요

암술을 가운데 두고
수술들은 밥을 들고 있어요
"나랑 결혼해 줘.
밥은 굶기지 않을게."

김미희, 〈지극히 현실적인 구애〉

이 시 씨앗은 더 자라서 이루어질 수 없는 두 남녀의 사랑을 그린 〈꽃밥 청혼〉이라는 이야기로 세상에 나왔습니다. 청소년 소설 《모모를 찾습니다》에 실렸죠. 호기심 어린 관찰이 시가 되고 소설이 되었습니다. 이건 분명 행운입니다. 저는 이런 행운도 찾으면 반드시 만난다는 것을 알았습니다.

시는 세상을 보려는 마음, 알려는 마음에 달려 오는 사은품입니다. 하여 마음먹기가 먼저입니다. 늘 보던 것, 알고 있다고 생각한 것들 앞에 멈춰 서서 호기심 어린 눈으로 다시 보려는 마음. 이제껏 보지 못했던 것을 알아채려는 마음이 쉼 없이 찾아들어야 하죠.

"유치하기는! 그런 건 해서 뭐 해?"

"이미 다 아는 건데. 그것도 몰랐어?"

이렇게 마음이 녹슬어 삐걱대면 새로움은 가까이 오기를 꺼립니다. 그저 그런 낡은 생각들로 그저 그런 시를 낳으며 절망하겠죠.

여러분, 호기심이 도망가지 않도록 잘 관리해 주세요. 호기심은 늘 관심받기를 바랍니다. 자주 불러내 주세요. 시 쓰는 이에게 필수 준비물은 호기심 가득한 마음입니다.

감동과 감탄을 자동 장착한 어린이가 여러분 안에 들기를, 비난과 부정이 끼어들지 않기를, 호기심 촉이 무뎌지지 않기를, 놀고 싶은 마음이 파도처럼 출렁이기를, 반짝이는 눈으로 세상을 관찰하려는 마음먹기가 멈추지 않기를 바랍니다.

될성부른 폰카 사진

검색에서
퇴고까지

3

이제부터 소개할 '폰카 사진으로 시 쓰기'는 3·3·3 쓰기법의 핵심인 '1일日 1작作'을 위한 도구입니다. 휴대폰에 저장된 사진을 보면서 떠오르는 것을 쓰는 방법이죠.

사진에 드러난 대로만 충실히 담을 필요는 없습니다. 사진은 마중물 같은 것이에요.

필요한 건 직관이죠. 직관은 우리가 태어날 때 각자가 받은 선물입니다. 경험과 노력이 쌓이면서 더욱 남달라지고요. 이 선물을 감사하게 떠받들고 누리는 건 당연한 권리입니다. 사진은 직관의 힘을 창작물로 끌어오는 데 좋은 역할을 하니 보다가 떠오른 시상을 상상력과 나만의 비유법을 발휘해서 써 보세요. 사진으로 인해 떠오르는 거라면 무엇이든 좋습니다.

제가 우르르 떠오른 생각으로 4장의 사진에 발제문을 달아 봤어요. 여러분이 생각을 확장시키고 상상력을 끌어내는 데 도움이 되기를 바랍니다. 사진 속 풍경은 모두 곁에 있는 것들이에요. 그래서 내 곁의 시입니다. 시는 내 안에, 내 곁에 있답니다. 줍기만 하면 됩니다. '내 곁의 시 줍기' 시작해 볼까요?

참, 쓰기 전에 꼭 해야 할 게 있어요.

어떤 단어든 사전을 먼저 찾아봐야 해요. 인터넷에서 검색해도 좋아요. 다 안다고 생각한 단어에 얼마나 많은 이야기가 담겨 있는지 알면 깜짝 놀랄 거예요.

예를 들어 지퍼를 검색하면요. 지퍼의 부분별 명칭부터 어떻게 해서 지퍼라는 이름이 붙었는지, 지퍼가 어떻게 변해 왔으며 얼마나 많은 종류가 있는지까지, 흥미로운 수많은 사실을 만나게 돼요. 그걸 읽다 보면 시 한 편이 휘리릭 스칠 거예요. 소설 한 편이 될 실마리가 나올 수도 있고요.

여러분은 같은 사진을 보고 제각각 다른 시를 쓰게 될 테죠. 여기에는 사진 하나에 두어 편밖에 싣지 못했지만, 10명이 쓰면 10편의 시가 나오고 반 친구들 30명이 쓰면 30편의 시가 탄생할 겁니다. 같은 시는 하나도 없습니다.

여러분의 놀라운 직관과 상상력이 어떻게 발현될지 기대됩니다. 사진과 발제문을 보면서 떠오르는 대로 4편의 시를 완성해 보세요.

만두 속 새우의 꿈
_세세하게 보여 주기

시는 설명하기가 아닌 보여 주기의 산물입니다. 사랑한다. 좋아한다. 슬프다. 화난다….

이런 단어를 쓰지 않고 보여 줘야 합니다. 독자들이 '그렇구나' 하고 느끼게 하는 거죠. 시는 지름길을 버리고 애써, 에둘러 오지를 가 보는 일이기도 합니다. 독자에게 익숙한 곳(또는 익숙한 것)을 낯선 곳처럼 선물하는 일입니다. 대신 경험하고 대신 울어 주고 함께 기뻐하는 일이죠. 그러려면 보여 주기에 정성을 들여야 합니다. 이제 이야기할 '만두'만 해도 우리가 한 번쯤 겪었을 풍경인데요. 이를 붙잡아 시로 남겼습니다. 순간이 영원해졌습니다.

다음 페이지에 있는 사진은 맛있는 찐만두입니다. 군만두, 튀김만두 등 다양한 만두를 생각해도 됩니다.

먹다가 하나만 남았습니다(다 먹어서 죄송합니다).

가만히 보다가 저는 '새우'라고 읽습니다.

어떤 사람은 이 사진 속 흩어진 당면 조각에 눈길을 주고 그것으로 시를 쓰기도 하겠죠.

인서 님은 만두피가 보자기로, 만두소가 보물로 보인 모양입니다. 발상은 그렇게 시작되었을 테죠.

* 접시에 누운 새우 한 마리
* 배 속 말고 바다로 갈래.
* 바다로 가려고 마지막까지 버틴 거니?

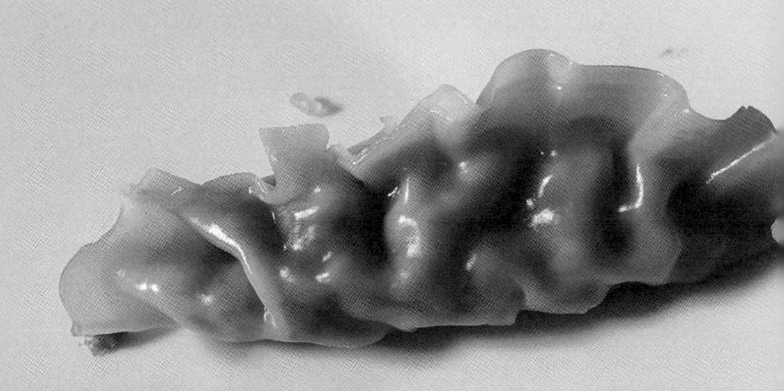

* 먹다 남은 찐만두 하나
* 외로운 섬 하나
* 주머니 안에 뭘 숨겼을까?

-내가 들었는데 이런 보물이 있대
속을 알 수 없게 하얀 보자기로 감싸고
뜨거운 김이 모락모락 나는 찜기에 넣으면
안에 담긴 보물이 보일락 말락 한다는 거야

-나도 들었어
그 보물을 가지려면 화상을 입지 않게
조심조심 보자기를 열어야 한대
그러면 황홀한 보물들이 그때서야 빛을 낸다고 말이야

-난 그 보물을 본 적이 있어
-정말? 어떤 보물이었어? 금처럼 반짝거려?

-맛있더라

이인서(해송고 1), 〈만두라 쓰고 보물이라 읽는다〉

보자기에 보물이 들었는데 그게 뭘까 하는 호기심 어린 대화. 만두가 쪄질 때까지 설레며 기다리는 등장인물들. 이 글은 소리 내어 읽으면 맛이 정말 일품인 시입니다. 웅성거리며 기대에 찬 목소리와 마지막 '맛있더라'에는 세상 그 어떤 보물이 부럽지 않은 표정과 음성이 지원됩니다. 만두 광고로 만들어도 손색없을 만큼, 장면이 눈에 선하게 그려지는 시죠. 저는 이 시를 꼭 낭독으로 들려주고 싶습니다.

주영 님의 마음에는 이 만두의 어떤 면이 가닿았을까요? 바로 '하나 남은 만두'라는 점이었습니다. 아마 기억을 떠올렸겠죠.

> 언제 먹어도 맛있는 그대 이름은 만두
> 예쁘게 빚은 모습을 보면 절로 맛있겠다는 생각뿐
>
> 만두를 먹다가 한 개 남으면
> 아빠와 서로 눈치 싸움을 하지
> 누가 이기는지는 그때마다 다르지만
> 이길 때마다 만두는 내 입속으로 직행하지
> 행복하게 만드는 그대 이름은 만두

반주영(천상고 1), 〈만두〉

만두를 먹는 부녀의 눈치 싸움이 상상되어 재밌어요. 불필요한 부분은 없애고 남은 만두 한 개를 누가 먹을 것인가 쟁탈전을 벌이는 장면이 생생하게 살아났으면 좋겠다고 했더니, 등장인물(엄마)을 추가했고 장면도 보다 선명하고 풍성하게 만들었습니다. 이렇게 세세하게 보여 주면 독자들이 공감하고 몰입하게 됩니다.

오늘 저녁은 겉바속촉 군만두
바쁘게 간장에 적시다 보면
만두가 하나씩 없어진다.

어느새 한 개 남은 군만두.
아빠와 서로 눈치 싸움을 한다.
제발 아빠가 먼저 집지 않기를
마음속으로 빈다.

다른 반찬으로 눈을 돌리다가
아빠와 동시에 만두를 집는다.

그만 먹으라고 내가 먼저 말한다.
너는 몇 개 먹었는데 하고 아빠가 되묻는다.

말다툼을 하는 우리를 보며 엄마는 한심한 듯

아빠가 어른이니 양보하라고 한다.

엄마만 있으면 백전백승.
이길 때마다
만두는 내 입으로 직행한다.

승리는 나의 것!

반주영(천상고 1), 〈전리품 만두〉

제목 또한 처음에는 밋밋하게 〈만두〉였다가 더욱 구체적으로 바뀌었습니다. 치열한 만두 쟁탈전을 통해 얻은 전리품이라고 설정하자 하나 남은 만두의 의미가 한층 특별해졌습니다. 그저 남은 만두일 뿐인데 이 만두에 각별한 의미를 부여해 주는 사람, 그대가 시인입니다.

낙엽에 대한 모든 지식
_적합한 시어 찾기

여러분의 이름에는 어떤 뜻이 들어 있나요? 부모님은 이름을 선불리 허투루 짓지 않았을 겁니다. 이름에는 지극하고 지극한 바람이 담겨 있을 것입니다. 시에서 제목은 이름과 같습니다. 작명의 전권은 시인에게 있으니 그 권리를 저버리지 마시고 누리십시오. 시를 쓸 때는 권리를 넘어 의무이기도 합니다.

제목과 더불어 적합한 단어를 시어로 가져오는 일에도 신중해야 합니다. 시인을 언어술사라고 하죠. 말을 부리는 일, 언어를 갈고 닦는 일은 시 쓰기에서 발현됩니다.

나뭇잎만 해도 크게 두 가지로 분류됩니다. 나무에 달렸을 때 그리고 떨어졌을 때, 이름이 다르죠. 나무에 달렸을 때도 그래요. 봄에 금방 나오면 새순이라 부르고요. 연둣빛 잎, 진초록 잎도 있죠. 나이 먹듯 짙어지는 나뭇잎의 차이를 생각하면서 가장 적합한 단어를 골라 알맞은 자리에 놓아 줘야 한답니다.

자, 낙엽 중에서도 멀리 이사 온 낙엽을 만나 볼까요?

저는 낙엽을 이렇게 읽어 봅니다.

> 언제쯤 이 방문객들에게 문이 활짝 열릴까요?
>
> 바람이 부추깁니다. '들어가 봐.'

헌주 님은 제가 쓴 발제문 중에서 '문 앞에 서성이다'에 마음이 끌렸나 봅니다.

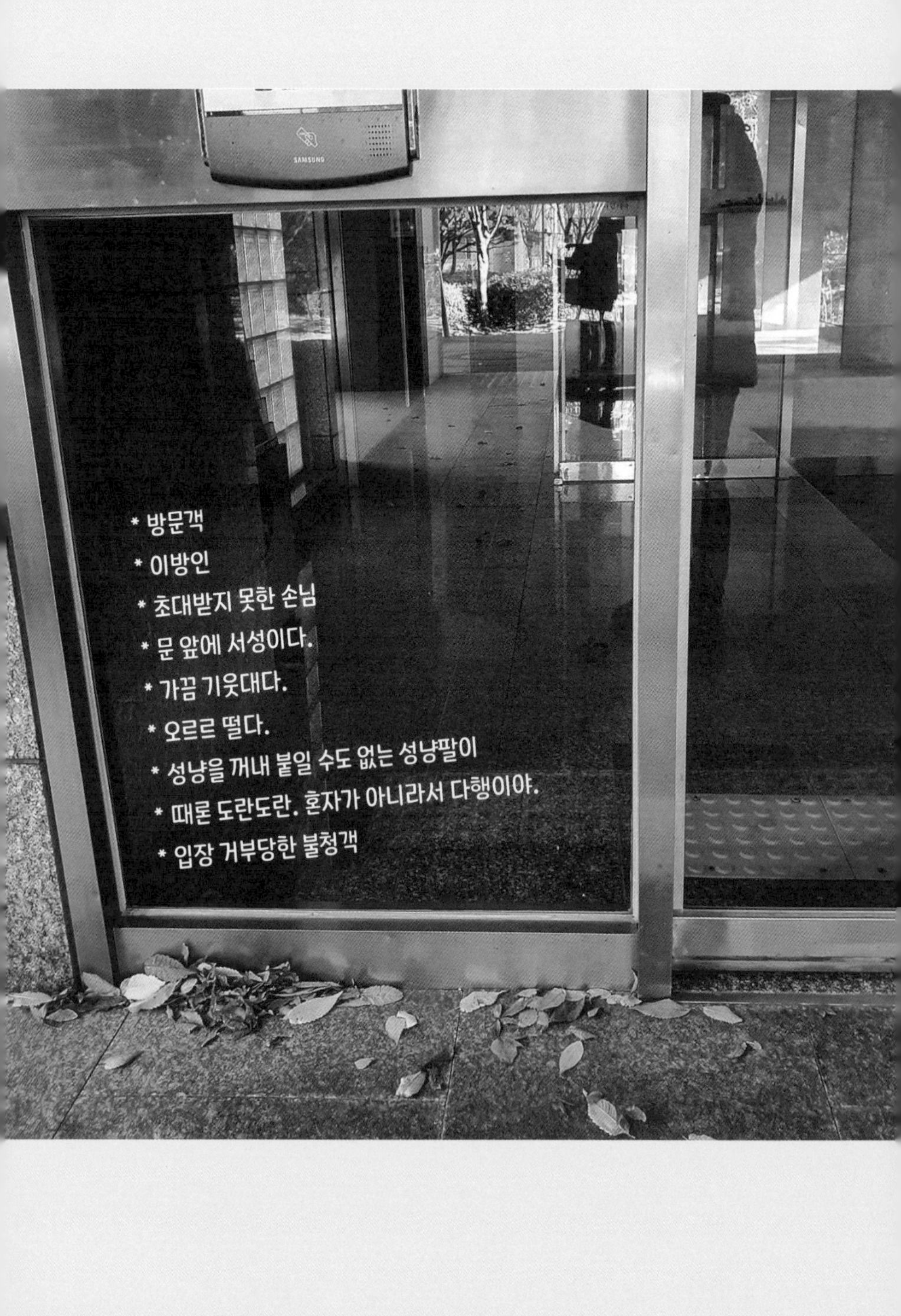
SAMSUNG
* 방문객
* 이방인
* 초대받지 못한 손님
* 문 앞에 서성이다.
* 가끔 기웃대다.
* 오르르 떨다.
* 성냥을 꺼내 붙일 수도 없는 성냥팔이
* 때론 도란도란. 혼자가 아니라서 다행이야.
* 입장 거부당한 불청객

추운 날씨

바람 때문에

집에서 나오게 됐는데

너무 추워 건물로 들어가려니

문은 열리질 않네

마침 바람이 와서 도와주는데

막상 문이 열릴 때는

도와주질 않네

늙어 보이는 인간에게

몰래 방문하려는 거를 들켜서 그런지

빗자루처럼 생긴

회초리로 날 쫓아낸다

김헌주(대덕중 1), 〈낙엽〉

낙엽이 집을 나오게 되었다는 발상이 참 좋죠? 헌주 님은 낙엽의 입장에서 이 시를 썼다고 합니다. 낙엽이 자신을 쫓아내는 경비원을 어떻게 표현할지 상상하다가, '식물'에게는 나이 든 '인간'으로 보이겠구나 하는 생각에 이르렀죠. 그런데 이런 설명을 듣지 못하고 '늙어 보이는 인간'이란 표현을 읽으면 시를 쓴 이가 늙음에 대한 편견이 있는 건 아닌지 오해할 수 있습니다. 일일이 독자에게 설명할 수 없으므로 신중하게 시어 선택을 해야 합니다. 시를 쓴 의도와 다르게 읽히면 참 난감하니까요.

'빗자루처럼 생긴 회초리'도 적합한 표현인지 살펴보세요. 저울추처럼 예민하게 언어의 무게를 저울질해야 해요. 퇴고한 시를 볼까요?

추워지자
집에서 쫓겨났는데
너무 추워 건물로 들어가려니
문이 열리질 않네
마침 바람이 와서 도와주길 기다렸는데
바람은 딴청만 피우네
청소 아주머니가
회초리처럼 생긴
빗자루로 쫓아내네

김헌주(대덕중 1), 〈낙엽〉

비교하며 읽어 보세요. '추운 날씨/바람 때문에'가 '추워지자'로

간략해져도 의미 전달이 됩니다. '몰래 방문하려는 거를 들켜서'가 없어도 뜻이 통하고 걸리적거리지 않죠. 시가 간결해지면서 아주 좋아졌습니다. 헌주 님이 '어떻게 줄일까?' 하고 고민을 거듭한 결과입니다. 늘어지면 시의 맛은 떨어진다는 것, 꼭 기억하길 바랍니다. 함축과 간결이 시의 생명입니다.

다음으로 지민 님의 시는 시적인 비유를 생각해 낸 점이 돋보입니다. 비록 독자가 알아채지 못했지만요.

> 내 마음속엔 많은 나뭇잎이 산다.
> 어제도 오늘도 나뭇잎들은 쌓여만 간다.
> 하지만 나는 치울 줄을 모른다.
> 점점 쌓여만 가는 나뭇잎을 보고만 있다.
> 언젠가 저 나뭇잎들이 낙엽이 돼 있을 때 나도 단단한 어른이 돼 있기를
>
> 강지민(남외중 1), 〈낙엽〉

시만 보면 낙엽이 무엇을 말하는지 알 수 없습니다. 지민 님의 얘기를 들어 보니 나뭇잎은 학업 스트레스 같은 거라고 합니다. 스트레스를 거름이 된 낙엽처럼 잘 다스렸을 때 초록 나뭇잎이 돋아

날 수 있다고 말하려 했답니다.

나뭇잎을 떠올려 보세요. 대부분은 싱싱한 초록 이파리를 생각합니다. 하지만 1행의 나뭇잎은 낙엽을 생각하며 썼을 테죠. 나무에 달렸을 때의 나뭇잎과 힘이 빠져 떨어진 낙엽을 구분해 줘야 합니다. 사전에서 '낙엽'의 뜻을 찾아볼까요?

> 나무에서 잎이 떨어지는 현상이다. 낙엽 시기가 되면 잎 속의 양분이 대부분 줄기 등으로 이동해서 엽록소는 분해·소실된다. 잎자루나 잎몸의 기초가 되는 부분에 이층離層이라는 특수한 세포층이 형성되는데, 잎은 이 부분에서 탈락한다.

스트레스에는 낙엽이 더 어울립니다. 원래의 의도가 드러나도록 나뭇잎의 상태를 명확하게 구분해 주고 제목을 〈스트레스〉로 고쳤네요. 그랬더니 비유와 상징을 잘 살려 쓴 시가 되었습니다.

> 내 마음속엔 힘들고 지친 낙엽이 산다.
> 어제도 오늘도 낙엽은 쌓여만 간다.
> 하지만 나는 치울 줄을 모른다.
> 점점 쌓여만 가는 낙엽을 보고만 있다.
> 언젠가 저 낙엽들이 푸른 나뭇잎으로 바뀔 때 나도 단단한 어

큰이 돼 있기를

강지민(남외중 1), 〈스트레스〉

한편 순후 님은 이렇게 썼습니다.

가을이 오면 꼭 초대받지 못한 손님들이 있어
모습도 다양하고 어디서 왔는지 알 수 없는 손님들
문 앞을 서성여
바람 따라왔는데 밟히고만 있어
왜 그들을 버렸을까?
반년 살고 버려지는구나

전순후(대덕중 1), 〈낙엽-가을 불청객〉

반년 살고 버려지는 낙엽에 대한 연민이 보이는데요. 제목을 〈낙엽〉이라고 했을 때는 눈길을 끌지 못했을 거예요. 낙엽을 초대받지 못한 손님에 비유해 〈가을 불청객〉이라고 하니 뭔가 궁금해지죠.

'낙엽이 낙엽이지 뭐야' 하지 말고 내게 온 낙엽을 특별하게 받아들여 주세요. 시에 등장하는 낙엽에게 각별한 대접을 해 주는 겁니다. 제목이 그 역할을 하게 해 보세요. 제목이 멋있으면 시는 반을 쓴 거나 마찬가지입니다.

반면 앞서 본 헌주 님의 시 제목은 〈낙엽〉입니다. 간결한 제목을 단 이유는 본문을 보면 알 수 있죠. 본문에 낙엽이란 말은 하나도 들어 있지 않거든요. 제목을 읽어야만 낙엽을 노래한 것임을 알 수 있습니다. 이럴 때는 단순한 제목이 제 역할을 한 것입니다.

필통의 이름은 ∞
_제목의 맛

여러분은 하루에 몇 번이나 낚이나요? 저는 인터넷이나 유튜브에서 제목(썸네일)만 보고 낚이는 경우 허다합니다. 신문기자나 광고를 업으로 하는 사람들은 어떻게 하면 읽게 할까 보게 할까 궁리하니까요. 제목에 끌려서 나도 모르게 클릭하곤 하죠. 책을 고를 때도 제목에 호기심이 생겨서 사거나 고른 경험 있죠? 《외계인에게 로션을 발라주다》라는 제 시집도 제목 때문에 읽었다는 친구들이 꽤 되더라고요. 그만큼 제목은 정말 중요합니다. 혼신을 다해 색다르게 붙여 보세요. 제목을 정하는 과정에서 시가 더 특별해지기도 합니다.

이번엔 제목의 역할에 대해 생각하면서 필통에 관심을 주기로

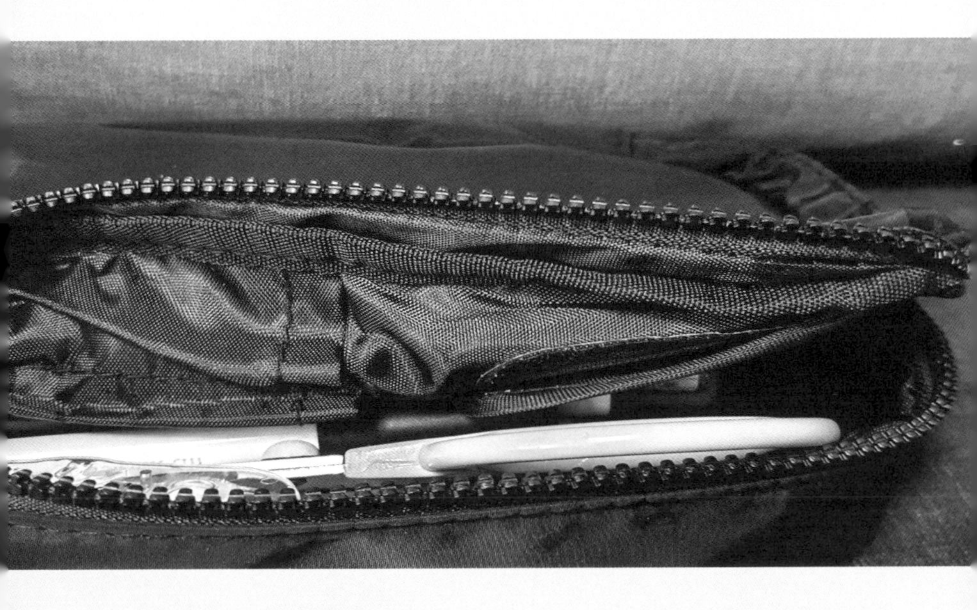

* 여기는 내 영역이에요.
* 움직이는 성벽. 자동 성벽
* 누가 빌려달라고 하는지에 따라 이 성은 활짝 열릴 수도,
  굳게 닫힐 수도 있음.

합시다. 저는 필통에 있는 지퍼가 눈에 들어오네요.

지퍼를 검색해 보니 굵은(성긴) 지퍼, 가는(촘촘한) 지퍼 등 다양한데요. 저 굵은 오돌토돌 지퍼가 제게는 '성곽'처럼 보였어요.

여러분은 어떻게 보이나요? '지퍼'에 집중해서 써도 되고 '필통'에 집중해서 써도 됩니다. 지퍼나 필통이 들려주는 이야기에 귀를 기울여 보세요.

> 여보세요. 거기 누구 없어요?
> 문 좀 열어 주세요 깜깜해요
> 저 밖에 내보내 주세요 답답해요
> 그만 흔들고 꺼내 주세요 어지러워요
> 이사해 주세요 여기 더러워요
>
> 누구세요?
>
> 필통 빌라에 세 들어 사는 연필입니다.
>
> 심은성(대덕중 2), 〈구조 요청〉

필통 속에 사는 연필의 외침이 들리나요? 시란 이렇듯 남들은 듣지 못하는 소리를 들을 때, 겉으로 보이는 것 너머를 볼 때, 살아 있지 않은 것들의 마음까지 읽을 수 있을 때 온답니다.

이 시의 제목이 〈연필〉이라거나 〈필통〉이면 시선을 끌지 못할 수도 있어요. 〈구조 요청〉이라고 붙인 순간, 연필의 절박함과 필통의 갑갑함이 극대화되죠. 독자들에게는 읽는 묘미를 주고요. 제목을 붙이는 일은 시의 생生을 책임지는 일과 같아요. 내 이름이 내 평생의 키key가 되는 것처럼.

침낭에 5분만 있어도 숨이 찬데
몇 시간 동안 들어가 있는 필기구들은 얼마나 답답할까?

롤러코스터를 한 번만 타도 어지러운데
필기할 때마다 흔들리는 필기구들은 얼마나 어지러울까?

"아무 죄 없는 필기구들아, 미안해"

강민주(남외중 1), 〈필통〉

필통을 침낭에 비유한 게 재밌어요. 침낭이라고 정의한 순간 캠핑 간 필기구들이 눈앞에 그려지면서 웃음이 나기도 하고 상상이

꼬리 물 듯 펼쳐집니다. 그런데 민주 님의 시는 침낭 속 필기구와 롤러코스터를 타는 필기구로 분산되고 있습니다. 차라리 필기구들이 야영을 하면 어떤 일이 벌어질까요? 이들이 겪을 에피소드를 떠올리며 침낭으로 시상을 집중시키는 게 좋겠다는 의견을 냈습니다. 민주 님은 사춘기가 시작된 필기구의 복수를 끌어냈고요. 한결 재밌어졌고 답답한 교실에 갇힌 청소년의 삶을 반영한 면도 좋습니다.

'이 답답한 침낭 속에 있어 보라고요.'
침낭 안에 있던 필기구들은 복수를 다짐한다
샤프는 시험 중에 계속 부러지고
지우개는 자꾸만 굴러간다
필기구들의 사춘기가 시작됐다

강민주(남외중 1), 〈침낭〉

'철' 하고 날아올라 '썩' 하고
_비유와 묘사

시는 순간의 느낌을 포착해서 새로운 시어로 표현하는 일입니다. 새로운 비유가 독자들을 감탄하게 하죠. 새로워야 합니다. 땅이나 고향을 어머니로 비유하는 건 죽은 비유입니다. 이런 말이 있죠. "아름다운 여성을 처음 장미에 비유한 사람은 천재다. 그러나 두 번째로 비유한 사람은 바보다."

그리고 비유를 앞세우지 말아야 합니다. 1차로는 현실을 묘사하고 다음으로 비유를 덧붙여야 하죠. 꼼꼼한 묘사는 글자만으로 독자의 마음속에 무궁무진한 이미지를 그려 줍니다. 현상을 세세히 그려 보고 나만의 표현을 생각하는 연습을 해 보세요. 시가 좋아집니다.

이제 서해로 가 볼까요. 사진 속 계절은 겨울입니다. 2021년 1월 한파가 닥쳤습니다. 조개들은 며칠 전 한파에 얼어 죽은 거라고 합니다. 빈 껍데기도 많지만 알맹이가 남은 것도 있는데 그걸 새들이 먹느라 저렇게 모여 있다고 합니다.

인서 님은 겨울 바닷가의 발자국을 먼저 묘사해 줍니다. 그런 다음 상상력을 발휘해 스토리를 그리고 자신만의 표현을 생각해 냈습니다.

* 모래 위에 꾸욱, 여기는 달이 아닌 지구
* 김 암스트롱이 되어 봅니다.

* 비밀을 말해 줄게.
* 조개에게 속삭이는 새들

* 입을 벌린, 입을 다문.
* 조개들은 언 나비 같습니다.
* 날개를 펴지 못한 나비들은 어쩌죠?

발자국 하나가 찍혀 있습니다
파도가 살금살금 다가와
발가락을 간질간질 간지럽혀요
간지럼을 참지 못한 발자국이
발가락을 오므립니다
이젠 파도가 아무리 손을 뻗어도
발가락에 닿지 않아요
기분이 좋아진 발자국은
신나게 파도를 놀립니다

그랬더니 파도가 '철' 하고 날아올라
'썩' 하고 발자국을 먹어버렸네요

이인서(해송고 1), 〈파도와 발자국〉

시는 언어로 그리는 그림입니다. 순식간에 우리를 겨울 바다 해수욕장으로 데리고 가죠. 인서 님은 파도 소리를 '철썩'이라고 부르는 이유를 곰곰이 생각해 봤을 거예요. 발자국과 파도의 놀이가 생생하게 재현되네요. 혹시 이 시를 읽으며 발가락을 꼬물거리지 않았나요? 안 그랬다고요? 그럴 리가요. 저는 그랬답니다. 발가락을 오므리며 파도를 피했는걸요. 시인은 담담하게 보여 주지만 우리는 마음껏 상상하며 호들갑스럽게 읽어요. 그건 독자의 특권이니까요.

같은 사진을 본 은성 님의 생각은 어땠을까요?

따실 때 함께 놀았던 아이들 모두
떠나버린 텅 빈 이 바다
이제 누구도 없는
외로운 집이 되어버렸네

눈 녹으면 돌아오겠지
지친 제 맘 달랠 때 보러 오겠지
따수워지면 다시 찾아 주겠지

심은성(대덕중 2), 〈겨울 바다〉

겨울 바다를 '외로운 집'에 비유한 것이 참 좋습니다. 사람들을 기다리는 바다의 마음이 잘 나타났어요. 다만 '따실 때'는 시어 적합도를 따지면 그리 적합하지 않습니다. 바다는 여름에, 땀이 흐를 만큼 더울 때 주로 가죠. 따스해질 때는 봄 정도지 않을까요?

더울 때 함께 놀았던 아이들 모두
떠나버린 텅 빈 바다
이제 누구도 없는
외로운 집이 되어버렸네

눈 녹으면 돌아오겠지
지친 제 맘 달랠 때 보러 오겠지
더워지면 다시 찾아 주겠지

심은성(대덕중 2), 〈겨울 바다〉

시어 적합도와 더불어 생각해 볼 현상이 있는데요. 요즘 어른들이 읽는 시를 보면 점점 난해하고 해체되어 이해할 수 없는 비유와 묘사가 많습니다. 소수의 독자만 느끼고 이해합니다. 글이 가진 힘은 많은 독자에게 진정성으로 감동을 주는 것입니다. 시도 마찬가지입니다. 여러분이 체험한 것을 쓰는 게 좋습니다. 그리고 겉멋에 휘둘리지 않아야죠. 그래야 더 많은 이들이 공감할 테니까요.

시어를 고르는 요령

시를 쓰면 낭독은 필수입니다. 자신이 쓴 시를 소리 내어 읽어 보세요. 그러면 자연스럽게 흐르지 못하고 걸리는 부분이 느껴집니다. 그곳에 표시하고 어떻게 바꿀지 골몰합니다. 이, 는, 가, 를 등 조사를 바꿔 보기도 하고 '놓여서'를 '놓여'로 줄이기도 하면서 이리저리 넣고 빼고 다듬고 고칩니다. 고치고 난 후에도 마찬가지입니다. 또 소리 내어 읽어 봅니다. 낭독은 퇴고 과정에서도 꼭 필요합니다.

시어로 끌어올 단어를 찾는 일 또한 게을리하면 안 되겠습니다. 사전 속 단어가 시어가 될 때, 적합도를 늘 평가해야 합니다. 꼭 맞는 단어면서 자신만의 의성어, 의태어를 찾아낸다면 더할 나위 없이 좋겠죠. 홍시를 묘사하면서 '말씬말씬'이라는 말을 찾아냈다면 잘한 겁니다. 말씬말씬은 잘 익거나 물러서 여기저기가 연하고 말랑한 느낌을 뜻하는 부사입니다. 수만 가지 문장보다 이 단어 하나면 설명이 되죠. 짧게 함축하는 게 시입니다. 대상을 설명해 줄 꼭 맞는 단어 찾기에 부지런을 떨어야 합니다.

또 다른 예를 볼까요? 낙엽을 '거리의 무법자'로 표현하며 '제멋대로 나뒹군 죄'라고 썼다 합시다. 시어 적합도 평가에서 '나뒹굴다'는 얼마나 적합할까요? 눈금을 재 보세요. 시어 적합도 눈금. 낙엽을 무법자라고 정의했다면 '제멋대로 휘젓고 다닌 죄'가 더 적합하지 않을까요? '나뒹굴다'는 '휘젓고 다니다'보다는 좀 약하죠.

또 '문이 열리자 와락 안으로 들어갔다'고 썼다 칩시다. '와락'보다는 '후다닥'이나 '와다닥'이 더 들어맞는 표현이지 않을까요. 이보다 좋고 색다른 표현이 있을 겁니다. 하지만 와락보다 적합해야겠죠.

만두를 보고 쓴 시에서 '입속 동굴로 들어가자 소리만 남았다'고 썼습니다. '들어가자'가 적합할까요? 시어 적합도 눈금으로 치면 어느 정도에 위치할까요? 이때는 '사라지자'가 더 어울리지 않을까요.

뭐 그리 까다롭게 굴어? 말이 통하면 됐지, 라고 생각하면 안 됩니다. 개떡같이 말해도 찰떡같이 알아듣기를 바라는 건 시인의 자세가 아닙니다. 시가 독자에게 가닿으려면 갈고닦아야 합니다. '갈고닦다'라는 말에는 '시어를 고른다'가 들어 있습니다. 사전에서 비슷한 말 찾기를 거듭해야 합니다. 시어로 딱 맞는 옷을 찾아 입히는 일은 시를 쓸 때 중요합니다. '아' 다르고 '어' 다르다는 속담도 있잖아요. 정성을 다해 시어를 선택해야 좋은 시를 쓸 수 있습니다.

시를 전개할 때는 사물이나 현상을 다른 것에 비유하고 기승전결을 그려 보세요. 기발한 비유와 생생한 묘사는 시의 꽃입니다. 초등학교 1학년 수현이 엄마는 같은 학원에 다니는 수현이 친구한테 '우리 수현이 학원에서 말썽 안 피우고 잘하는지 보고 와서 얘기해 달라'고 합니다. 수현이 친구는 시에 이 경험을 쓰면서 자기가

'CCTV'라고 했습니다. 또 누구는 고추밭에 물 주는 호스가 감겨 있는 걸 보고 '똬리를 튼 뱀'이라고 했습니다. 어느 고2 친구는 독서실에서 공부하다 모기가 웽웽거리자, 모기는 딸이(자신이) 공부 잘하고 있나 감시하려고 엄마가 보낸 '사랑의 스파이'라고 했습니다. 그래서 졸 수 없다는 이야기가 쭉 이어집니다.

마지막은 호기심과 궁금증을 부르는 제목 정하기입니다. 제목으로 독자들을 사로잡았다면 반은 성공한 겁니다. '어, 이건 읽고 싶은데? 읽어 봐야겠는데?' 하는 마음이 일도록 신중을 기해서 제목을 정해야 합니다. 예를 들면 '뒷산의 아이히만'이라는 제목이 있어요. 아이히만은 유대인 학살을 자행한 군인이죠. 그런데 그런 학살자가 뒷산에 있어? 당연히 궁금증이 일죠. 뒷산 산책하다가 풀을 짓밟은 자신을 아이히만에 빗대어 써내려간 시더군요. 또는 '접신'. 신을 접했다고? 이것도 궁금하죠. '7시 30분의 순간에'도 제목입니다. 그 시간에 무슨 일이 일어났을까 솔깃합니다. 시 제목은 이렇듯 흥미를 유발해야 합니다.

제목이 스치면서 발상이 들어오는 경우도 많습니다. 시가 나아갈 방향이 정해질 때가 있죠. 이런 직관은 그동안 쌓인 각자의 경험치에 따라 달리 작동합니다. 직관이 작동할 때 제목을 특색 있게 지으면 시의 흐름이 개성적으로 펼쳐질 수 있어요. 이런 순간은 늘 시를 찾는 사람에게 더 많이, 자주 찾아옵니다. 시를 쓰고자 하는 사람인지 아닌지 시는 귀신같이 알아보죠.

나만의 제목을 짓는 연습, 꼭 필요합니다. 제목은 시의 한 행이 될 수도 있고 시 전체를 아우르는 비유나 상징이 될 수도 있습니다.

자존심 강한 눈과 귀

오감의 힘

4

저는 신춘문예에 당선되고 시인이 되었습니다. 등단은 분명 선물이었습니다. 동경하던 이름표였으니까요. 하지만 '오늘은 뭘 먹지?' 만큼 '오늘은 뭘 쓰지?'를 고민하게 되었습니다.

그렇게 1일 1작을 지키려 노력하다 보니, 세상 모든 것이 쓸 거리로 보이고 어떻게 쓸까 끊임없이 궁리하게 되더군요.

'쓰는 사람'이 되면 머리를 쓰는 생산적 활동이 일어납니다. 예사로 보지 않고 자세히 관찰하게 되며 그간 스쳐 흘려버리던 것들이 눈에 들어옵니다. 새로운 것을 발견할 때의 희열은 삶의 풍요를 가져다주며 또 다른 새로움을 낳게 합니다.

남에게 휘둘리지 않는 방법이 뭐냐는 물음에 김영하 소설가는 오감을 이용해서 글을 쓰면 그렇게 된다고 했습니다. 자신의 시각·청각·후각·미각·촉각을 적극적으로 살피며 쓰는 사람은 자신감이 있거든요. 스스로 느낀 것에 확신이 있기 때문에 줏대와 자존감이 생겨요.

나를 사랑하는 간단한 방법이 쓰기입니다. 내 몸의 감각으로 알아차린 사실들을 문장으로 쓰면서 나는 고유한 '나'가 됩니다. 쓰는 시간만큼은 자신과 대화하고 스스로를 깊이 들여다보게 됩니다. 그 과정에서 '좀 더 나은 나'가 되어 갑니다. 그러므로 아름다운 도전이죠. 쓰기는, 특히 시 쓰기는.

코로 세상을 읽는 강아지처럼
_시 안테나 세우기

〈퍼펙트 센스〉라는 영화가 있습니다. 갑자기 사람들이 후각을 잃어 가고 이는 전염됩니다. 다음엔 미각을 잃고 청각을 잃고 끝내는 시각을 잃어 갑니다. 모든 감각을 잃어 가다니, 인류의 재앙이죠. 전염병을 연구하는 과학자인 여자와 요리사인 남자가 주인공입니다. 주인공들의 직업 설정도 정말 환상적이죠. 감각을 잃어 가는 것과 먹어야 하는 것의 대비를 극적이고 적나라하게 보여 줄 수 있는 직업이니 말입니다. 사람들은 감각을 잃으며 절망하고 분노하고 좌절하지만 어쨌든 삶을 이어 갑니다. 처절한 삶이지만 포기하지 않습니다. 인간의 고귀함을 보여 주죠. 마지막 남은 감각인 인간의 뇌가 하는 말은, '감사'였습니다.

영화가 끝나고 제게는 물음표가 남았습니다. 영화의 처음, 시나리오의 단초는 어디서 얻었을까? 이게 가장 궁금했습니다. 우리 몸의 감각들이 사라지게 되면 어떻게 될까? 우리에게 정말 그런 일이 벌어지면 어떻게 될까? 이런 질문에서 탄생했을까요. 어쩌면 아주 사소한 곳에서, 조그만 행동에서 얻었을지도 모릅니다. 신문 기사의 한 줄이었을 수도 있고요. 시작은 어디서 어떻게 올지 몰라요. 누군가 내게 보낸, 보이지 않는 신호인지도 모르죠. 신호를 알아차리는 사람에게만 주어지는 선물 같은 것일지도요.

우리 집에는 '리오'라는 강아지가 있습니다. 비가 오나 눈이 오나 하루에 두 번 산책을 나가는데요. 리오 덕분에 세상을 느릿느릿, 세심히 만납니다. 이 천사가 어쩌다 우리에게 왔을까? 인연에 대한 감사를 연발하곤 하죠. 어느 날, 저는 거실에 드는 햇볕을 따라 잠자리를 옮기는 리오를 보며 저도 모르게 시를 썼습니다.

햇살이 그린 네모난 성역
황제가 왕좌를 차지하듯
침상으로 삼아 햇살 방석에 눕는다
네 다리를 쭉 뻗고 눕는다 왕족 혈통임을 과시하듯
빤히 보는 내 눈길, 사랑이 흐르는 소리도 들을 수 있는 걸까?
나노급의 청각을 뽐내며 감긴 눈을 반짝 열었다가 느리게 닫

는다

리오 배 속으로 공기가 흘러간 게 보인다

들락날락, 들숨 날숨으로 만들어진 몸짓언어

공기는 리오 뱃속을 거닐다 나왔다가 다시 들어간다

연신 햇살로 데워진 몸속 탐사를 이어 간다

리오는 왕좌를 내준 해님에게 배로 불뚝이 춤을 보여 준다

햇살이 또 이사를 간다 리오도 몸을 일으켜 따라가 눕는다

김미희, 〈햇살 유목민-리오에게〉

사랑하면 보이는 많은 것들은 하나의 감각만 켜서는 담지 못합니다. 눈, 코, 입, 귀, 온몸의 감각을 불러와도 모자랄 지경입니다. 내가 사랑하는 수많은 것들. 맛있는 것, 자는 것, 웃는 것. 물건과 친구를 향해 시 안테나를 세우고 오감을 부려서 노래를 불러 주세요.

리오가 냄새를 맡을 때 보면 코가 얼마나 바삐 움직이는지 모릅니다. 콧속으로 먼지란 먼지는 다 들어갈 것 같은데 '세상을 냄새로 다 읽고 말겠어' 하는 자세입니다. 코로 감각을 켜는 강아지처럼, 우리의 감각을 켜 보면 좋겠습니다.

맴맴맴, 엉엉엉
_낯설게 보고 듣기

그저 스친 생각, 내 눈에 비친 사물의 어떤 모습, 이것을 발상으로 시는 내게 옵니다. 이를 잘 받들어 모셔야 합니다. 평소 몸가짐을 시가짐으로 바꾸고, 시 오라기를 붙잡았다면 당겨 풀면서 목도리도 짜고 스웨터도 짜야죠. 누군가를 따뜻하게 해 줄 시는 남다르게 보고자 하는 자존심을 가진 사람의 눈에 삽니다.

불리는 것!
네가 잡은 한 오라기 실을 불려
따뜻한 스웨터 하나 짜는 것
감기를 이길 목도리 하나 만드는 것

어디 나와 보라지 나처럼 불릴 수 있는 사람
스웨터 부피만큼 몸집을 불리는 방학
바야흐로 내 몸 창작 중

김미희, 〈창작이란〉

오래전부터 달을 소재로 시를 쓴 사람은 얼마나 많습니까? 누가 그걸 먼저 소재로 썼다고 포기했으면 이 땅에 달에 관한 시는 딱 한 편이겠죠. 그러나 어디 그런가요? 달을 소재로 쓴 시는 차고 넘치죠. 손동연 시인은 보름달보다 반달이, 반달보다 그믐달이 더 예쁘다고 했습니다. 나눠 줬기 때문이래요. 저도 달로 여러 편의 시를 냈습니다. 영어 말놀이 시집에서는 〈moon〉이란 제목에 하늘나라 개구쟁이가 까만 밤하늘에 동그란 구멍을 내고 지구 아이들을 엿보는 문이라고 썼어요.

달은 때에 따라 초승달, 반달, 하현달, 그믐달. 하루하루 모양이 바뀌죠. 자신의 처지에 따라, 언제 봤는지에 따라, 흐린 날에, 맑은 날에, 바다에, 산에 뜬 달의 모습은 달리 보입니다. 날마다 달이 뜨지만 우리에게 달은 같은 달이 아닙니다. 발견하는 사람, 느끼는 사람에 따라 제각각이죠. 시로 쓰지 못할 게 뭐 있겠어요.

소리에도 귀를 기울여 보세요. 똑같은 소리는 없습니다. 매미 소리를 들어 봤나요?

매미 소리를 '맴맴맴'이라고 듣고 참새 소리를 '짹짹'이라고 듣는 건 아니겠죠? 아무런 의심 없이 병아리 소리는 '삐악삐악'이라고 대답하는 건 아니죠? 만약 시에 그렇게 썼다면 그야말로 구닥다리 취급을 받을 것입니다. 나에게만 들리는 소리로 표현해 보세요.

어느 시인은 매미가 우는 걸 엄마가 없어서 운다고 했습니다. 엄마가 있으면 업어 주고 달래 줘서 울음을 그칠 텐데 안타깝다고 했습니다.

자동차 소리를 들어 보세요. 모두 '빵빵'으로 들립니까? 제각기 다르죠. 제가 아는 집 진돗개는 몇백 미터, 저 멀리서 오는 주인아저씨 자동차 소리를 기가 막히게 구분해 내고 미리부터 짖습니다. 분명 다른 소리를 구별하는 것이겠죠. 그만큼은 아니어도 시인의 귀는 예민하게 단련해야 합니다. 만물의 소리는 내 기분 상태에 따라서도 다르게 들린답니다. 주변의 소리, 소리에 집중해 보세요. 남들과 똑같은 소리로 듣지 않으려는 자존심 강한 귀를 달아야 합니다.

오늘도 기도합니다. 제발 내게 새로움을 보고 듣는 자존심 강한 눈과 귀를 달라고요.

시는 자란다

제가 창작 교실에서 심심치 않게 듣는 말이 '읽는 거랑 쓰는 건 정말 다르네요'입니다. 읽을 때는 쉬워 보였는데 쓰려니 안 된다, 어렵네요 어려워, 혀를 내두릅니다. 써 봐야 씁니다. 쓰고 버리고를 많이 해야 잘 씁니다. 양을 채워야 질이 좋은 작품이 나옵니다. 양질의 법칙입니다. 처음에는 100편을 쓰면 한두 편은 건지겠지 하는, 가벼운 마음으로 쓰는 자세가 필요합니다. 그렇게 자꾸 쓰다 보면 완성도 있는 시가 늘어납니다.

1일 1작 하면서도 남과 다른 시를 쓰려면 어떻게 해야 할까요? 참신함, 창의력은 언제 생길까요? 창의력의 다른 말은 차별성, 독창성일 텐데요. 이는 관찰, 조사, 인터뷰에서 옵니다. 여러분이 열심히 마인드맵도 해 보고 사전을 찾고 유심히 관찰하고 밖으로 나가 느껴 보고 생각을 이어 갈 때 생깁니다.

야구에 대한 글을 쓰려면 야구장에 가서 관찰해야 하고 야구하는 사람들(관람객, 야구팬 포함)을 인터뷰해야 합니다. 이때 질문할 것을 잘 적어 가야겠죠. 어렴풋이 아는 것과 실제로 부딪쳐 알아낸 것의 차이는 큽니다. 그 분야 사람들만 쓰는 언어 습관부터 전문 용어까지 파악해야 새로움을 발견할 수 있습니다.

창의력의 가장 큰 방해꾼은 다 안다는 생각입니다. 먼저 사전(검색)을 가까이하고 '어휘 부자'가 되어야겠습니다. 폰카 사진으로 시 쓰기 할 때 단어를 검색했던 거 기억나죠? 그렇게 언어와 상식의 양이 풍부해져야 남과 다른 시를 쓸 수 있습니다.

누구나 떠올리는 표현은 버리는 게 답입니다. '홍시'라는 글제를 냈더니 여러 사람이 언급한 단어가 '빠알간'이었습니다. 참새 짹짹, 매미 맴맴과 다르지 않죠. 저절로 떠오르는 고정 표현을 밀어내려고 애써야 합니다. 의도적으로 노력해야만 합니다. 독자는 뻔한 것을 시간 내어 읽으려 하지 않습니다. 누구나 아는 사실을 이리저리 뒤집어 나열하는 건 낭비입니다. 절제의 미학을 갖춘 게 시입니다. 뻔함은 짜서 버려야죠.

짧게, 맞춤법에 맞게 쓰는 것도 중요합니다. 시는 산문에 비하면 길이가 짧습니다. 짧음에도 주어와 서술어가 어긋나거나 시점이 흐트러지면 시를 읽는 사람이 혼란스럽습니다. 전달력이 떨어지죠. 최대한 문장을 짧게 쓰고 맞춤법에 따라야 합니다. 시 쓰기는 언어를 다루는 일인 만큼 바르게 해야 하겠습니다.

그렇게 작품을 쓰고 세상에 내놓으면 평가와 판단은 이제 독자가 합니다. 시를 써서 혼자만 간직하겠다면 퇴고도 필요 없습니다. 그러나 친구 한 명이라도 읽고, 과제로 내서 선생님이 읽고, 공모전에 내서 심사위원이 읽고, 책으로 내면 독자가 많아집니다.

시를 쓴 사람이 독자 하나하나를 따라다니며 자신이 쓴 시는 이런 뜻이라고 말할 수 없습니다. 만나는 독자마다 이 작품은 이런 뜻이다, 구구절절 설명하는 것도 참으로 구차합니다. 글로써 충분히 설득할 것. 글로 압도할 것. 이걸 마음에 새겨야 합니다.

이슬아 작가는 '작가의 역량은 책 안에 담긴 텍스트로 평가받기 때문에 글쓰기에 최선을 다해야 한다'고 말했습니다. 오로지 내가 쓴 글로만 말해야 함을 명심할 때, 시가 자라고 시인 하게 됩니다.

물음표가 느낌표로 될 때까지

과학·수학×시

5

저는 수학 잘하는 친구들이 참 부러웠습니다. 과학 좋아하는 친구들은 신기했습니다. 나 같은 애가 꼭 있을 거야. 수학도 힘들고 과학도 어렵고. 그 친구들에게 힘이 되어 주고 싶었습니다. 제가 할 수 있는 일이라곤 시를 쓰는 일. 딱딱한 이론을 쉽게 접근하는 방법에 대해 생각하기 시작했습니다. 생각은 황금알을 낳는 거위와 같아서 자꾸 하다 보면 몸속의 알을 황금으로 만들어 주거든요.

황금알 얻는 법

지구인으로서 기본 이론인 중력부터 고민해 봤습니다. 중력을 설명할 수 있는 이 얼마나 될까요? 설령 설명한다 하더라도 누구나 이해하기 쉽게 하기란 어려운 일일 것입니다. 이론, 생각만으로 벌써 머리가 지근거립니다. 지루하지 않게 유머가 깃들면 좋겠습니다. 우리 삶을 반영하면 더 좋겠습니다.

'중력' 하면 떠오르는 사람? '뉴턴'이고 덩달아 떠오르는 주인공, '사과'! 질문을 하며 생각을 모아 나갔습니다. 중력을 발견하게 했으니 다들 사과를 부러워하겠네. 사과 후손들은 좋겠다, 까지 생각이 미쳤죠. 그래서 위대한 사과 '집안'이 태어났습니다.

사과라면 누구나 뉴턴을 안다.
사과가 빨갛게 익을 즈음이면
사과 부모들은 뉴턴에 대한
이야기를 들려준다.

중력을 발견하게 한
위대한 사과 후손들은
가을만 되면
열심히 사과를 떨어뜨린다.

배 집안도
사과 집안을 본받느라
열매를 떨어뜨린다.
다른 과일 집안들도

….

김미희, 〈사과 집안을 본받아라-중력 1〉

지구는 모두 날아가버리면 심심하니까 놀고 싶어서 끌어당기는 거야. 지극히 아이다운 생각을 담은 중력 2. 행성마다 중력이 다르다는 이론에 기초해서, 키 작고 몸도 가벼운 말라깽이가 무중력 공간에서 힘자랑하는 친구의 코를 납작하게 해 준다는 내용의 중력 3. 몸무게를 자유자재로 바꿀 수 있는 우주여행을 그린 중력 4와 다음 시까지, 중력으로 5편의 연작시를 썼습니다.

엉망이군.
대체 왜 이렇게 떨어진 거야?

-중력이 하필 나한테만
강하게 작용하는 바람에

김미희, 〈성적-중력 5〉

집요하게 한 달여에 걸쳐 중력에 대한 물음표를 굴리며 다듬었습니다. 느낌표가 될 때까지. 황금알이 시가 되어 나올 때까지. 안에 든 황금알을 여러분은 언제 꺼내실래요?

과학 이론이 우리 삶을 노래한 시가 되지 말란 법은 없습니다. 오히려 이런 조합은 신선합니다. 여러분도 꼭 써 보십시오. 수학, 의학, 물리학, 천문학 등 이론은 모두 생활에 빗대어 시로 쓸 수 있습니다. 시는 '누구나' '무엇이든'의 영역입니다.

수학 정복 노동요

교과서 수업을 비롯한 학습 과정에서 얻게 되는 시는 무척 많습니다. 원주율(π), 방정식, 영문법에 있는 가정법 등. 우리 삶을 변화무쌍하게 노래할 수 있게 하는 시의 씨앗들이 지천이죠.

'열심히만 하면 돼.' 이것은 기계에게 하는 주문입니다. 우린 즐겁게 할 수 있어요. 로봇 시대가 되어도 사람만이 할 수 있고 가져야 할 것은 지켜 내야 하지 않을까요? 로봇이 쓴 시를 읽을 수 있다쳐도 시를 쓰는 재미까지 내주는 건 인간으로서 자존심 상하죠. 평생 걸어야 할 배움의 길, 좀 더 신나게 가기 위해 노래가 필요합니다. 우리만의 노래가.

공부에 지친 마음이 시가 될 때, 시는 노동요가 될 수 있습니다. 수월하게 일을 해내고 심지어 즐거워지면서 입가에 웃음이 스치게 하는 노동요 부르기. 그걸 시 쓰기가 합니다.

콩나물국밥에
콩나물들이
x, y로 엉켜 있다

후루룩 쩝쩝
x, y 들이 속으로 들어가
식을 만들고 부수고
문제 풀이 중이다

아침 속풀이 대신
문제 풀이

김미희, 〈수학 중독〉

학원 정규 시간엔 일차함수
방학 특강으로 또 이차함수
방학 내내 함수
함수 함수 함수에 묻히겠다

꿈까지 꾸었다

신발장에 내 신발이 없었다
이리저리 내 신발을 찾는데
구원자의 목소리가 들린다
-네 신발은 영 콤마 십팔(0, 18)에 있다

어이쿠, 내 신발을 찾으려면
함수를 풀어야 했다

김미희, 〈꿈속에조차 따라와서〉

별에게도 마음이 있나 보다

그림×시

6

시인이란 어떤 사람이라고 여러 말로 소개할 수 있겠지만 딱 한 문장으로 말하라고 한다면 저는 '마음을 알아주는 사람'이라고 말하겠습니다. 사람이든, 동물이든, 풀이든, 돌멩이든 무엇의 마음을 대신 읽고 얘기해 주는 사람이라고요. 별에게도 마음이 있습니다. 그 마음을 알아주고 노래한다면 그가 시인입니다.

들린다, 배들의 웃음소리가

저는 제주도에서 또 배를 타고 들어가야 하는 우도에서 태어났습니다. 집 앞이 바로 선착장이죠. 파도 소리에 잠들고 파도 소리에 눈을 뜨는 곳입니다. 섬 안에는 자그마치 열두 동네가 있고요. 고등학교는 본섬에 있는 제주시로 유학을 갔습니다(우도엔 중학교까지밖에 없으니까요). 주말이면 집으로 가는 배가 출발하기를 기다리며 부두에 앉아 있곤 했습니다.

섬에 사는 우리에게 해상 교통수단인 배는 육지에서 자동차를 보는 것만큼 흔한 일입니다. 바다 위를 간지럼 태우기 좋을 만큼 바람이 살랑살랑 부는 날이면 일렬로 줄을 선 배들이 키득댑니다. 웃는 소리가, 들어 보면 들립니다. 바람이 성을 내면 배들도 파도에 대항하느라 버럭버럭 인상을 쓰며 들썩이고요. 그러나 오래가진 않습니다. 싸우고서 다음 날이면 언제 그랬냐는 듯이 어울려 노는 아이들처럼 바다는 넓은 등에 배들을 태우고 간질간질 간질이며 놉니다.

주인이 점심 먹고 해바라기하다 깜박 졸기라도 하면 배도 주인을 바라보다 깜박깜박 졸니다. 따라쟁이 배들의 의리가 여간 아니죠. 그러면 바다는 심심해져서 같이 놀자고 배를 깨웁니다. 배는 화들짝 깼다가 잠을 이기지 못하고 또 졸니다.

쪽잠을 끝낸 주인은 다시 배 위로 올라와 그물 손질을 시작합니다. 오늘 밤 작업을 가려면 만반의 준비를 해 둬야 하니까요. 이들을 보고 있노라면 시도 끼워 달라고 조심스레 말을 겁니다.

바닷가 조그만 선착장
점심시간이 되면

주인이 매어놓은 작은 배들도
주인 따라 나란히 쉰다

물결 따라
너울너울
기웃기웃
흔들흔들
자장자장

까닥까닥 졸다가
친구 옆구리에 찔려
화들짝 깼다가
또 졸다가

김미희, 〈바닷가 점심시간〉

배들의 마음을 글자로 그리면 곧 시가 됩니다. 바닷가가 한눈에 보이는 듯하지 않나요?

병아리 입장에선

화가의 명화든 내가 한 낙서든, 그림을 감상하며 떠오르는 대로 시를 써 보는 것도 방법입니다. 명화라면 자세한 정보를 찾아봐도 좋겠죠. 아는 만큼 보이는 건 맞습니다. 하지만 처음엔 느낌 그대로를 자유롭게 표현해 보세요. 자주 보고 느껴야 더 풍부하게 알 수 있습니다.

그림은 무한한 상상의 보고입니다. 그림과 삶을 연결해 써 보십시오. 우리 옆집에는 유진이 엄마 말에 따르면 '입만 살아 조잘대는' 유진이가 살았습니다. 뭐 하라고 하면 '유진이 없다'를 반복하는 미운 여덟 살이었습니다. 우리나라 명화집에서 '파적도'라고도 알려진 〈야묘도추〉를 보다가 유진이가 생각났습니다. 그렇게 태어난 시입니다.

밥 잘 먹던 유진이
웬일인지 맛난 밥상도
본체만체

밥 잘 먹던 우리 유진이는
어디 갔을까?

김득신의 <야묘도추>

18세기, 종이에 채색, 22.5×27.1cm, 간송미술관 소장

엄마의 물음에 유진이가 냉큼 하는 말
-고양이가 물어갔어요

좀 전에 고양이가 돌려줬다던걸
-아니에요. 그 고양이 거짓말하고 있어요
보세요, 병아리도 물고 가잖아요
할아버지한테 혼나고도 자꾸 물어가요

어제는 숙제 잘 하는 유진이를 물어갔고요
오늘은 밥 잘 먹는 유진이를 물어갔잖아요
아마도 내일은
일찍 일어나는 유진이를 물어갈걸요

김미희, 〈고양이가 물어갔어-야묘도추 감상〉

그림이 멀게 느껴진다면, 나와는 상관없다고 생각했기 때문입니다. 그러니 관계있는 것으로 만들어 보면 되겠죠. 별의 마음을 읽듯 그림의 마음을 읽는 겁니다.

그림의 마음을 알아주고 노래하기 위해서는 내 마음이 깨어 있고 열려 있어야 합니다. 누군가의 마음은 삽시간에 왔다가 사라지기 쉬워서 늘 잡아챌 준비를 해야 하죠. 찰나를 잡아채서 싹을 틔우려면 메모를 잘해야 합니다. 적자생존이라고, 적는 자 살아남는다는 우스갯소리가 있죠. 꼭 맞는 말입니다. 적는 자가 쓸 수 있습니다. 촉을 세우고 순간의 시 씨앗을 붙들어 적어 두세요. 그리고 발아되어 꽃이 피고 열매가 맺힐 때까지 정성껏 돌보십시오.

적자생존의 기술

어떤 대화를 유심히 듣다 보면 그 안에 시가 있고 경험으로 일궈 낸 혜안이 들었음을 깨닫곤 합니다. 세심히 귀를 기울여서 받아 적는 것만으로 시가 되기도 합니다. 다음 시를 볼까요?

목표는 왜 내게서 자꾸 멀어지기만 할까요
남들은 어째서 앞서만 갈까요?

어머니는 수제비를 뜨고 계셨다
납작납작 떼어 낸 반죽마다 어머니 지문이 찍혔다
지문에는 어머니의 인생이 새겨져 있다
살아온 인생을 걸고 어머니가 내게 말했다
끓는 물에 먼저 들어간 수제비나
나중에 들어간 수제비나
그릇에 담길 때는 똑같단다

한 쪽 한 쪽 첨벙거리며 뛰어든 수제비들이
다 떠오르자 어머니는 가스 불을 껐다

김미희, 〈수제비 인생론〉

앞서 얘기했듯 제가 나고 자란 곳은 제주 우도입니다. 어머니는 해녀였고 밭에 계실 때를 제외하곤 물질을 하셨습니다. 추워서 손이 곱는 겨울까지 사계절 내내 바다는 어머니의 일터였죠. 삶의 마지막 순간조차 바다에서 맞으셨습니다.

바다에서, 밭에서 몸으로 일궈 내는 어머니의 삶은 책장에 꽂힌 책과는 달랐습니다. 나오는 말씀이 은유고 경구였으며 살아 있는 지침서였습니다.

중학교 3학년 중간고사를 친 그날은 비가 왔습니다. 물질도 안 가고 밭에도 못 가는 날이라 어머니한테는 정말 간만에 휴식이었죠. 학교에서 오니 어머니는 조배기를 끓이고 계셨습니다(제주도에서는 수제비를 조배기라고 합니다). 멸치 국물 냄새가 골목을 떠다녔습니다. 저는 그렇게 좋을 수가 없었습니다. 학교에서 돌아왔을 때 어머니가 집에 계신 날은 365일 중 30일도 되지 않았거든요. 책가방을 부려 놓으며 저는 노력한 만큼 성적이 나오지 않았다며 울상을 지었습니다. 그러자 조배기를 한 점 한 점 뜯던 어머니가 말씀하셨습니다. 심각하거나 나직하지 않은 예의 그 어투로 별일 아니라는 듯이,

"늦게 넣은 조배기나 먼저 넣은 조배기나 입에 들어갈 땐 똑같쥬."

한참 후 개그 프로그램에 이런 코너가 나왔습니다.

"1등 하면 뭐 하게? 취직 잘 하면 뭐 하게? 부자 되면 뭐 하게? 소고기 사 먹지." 그런 질문이 계속되는 코너였습니다. 그러게, 그러면 뭐 하게? 남들 하는 대로 살아야 잘 사는 것처럼 생각하고 내 삶에 대해선 질문하지 않았다는 자각을 불러일으키는 내용이라 신선했습니다. 그리고 어머니가 조배기 끓이며 하신 말씀이 떠올랐습니다.

앞질러 간다는 것에 대해 생각해 보렴. 이런 메시지를 던져 준 어머니의 조배기 이야기는 경쟁에 지친 우리를 위한 시로 탄생했습니다.

제게 어머니가 건넨 조배기 인생론은 그 어떤 경구보다 오래, 깊이 와닿습니다.

모든 것이 말을 걸어오는 오늘의 날씨

낙서×산문시

7

시를 쓸 때 '무엇이 되어 보기'만큼 쉬운 작법은 없습니다. 내가 무엇을 보면서(혹은 생각하면서) 하는 이야기는 뻔할 때가 많아요. 그러나 무엇이 되어 보기, 다른 누가 되어 보기는 역발상을 할 수 있게 해요. 그들이 떠올릴 만한 생각, 그들이 가질 만한 감정, 그들이 할 만한 행동.

저는 역발상을 매일 할 수 있는 활동을 만들었습니다(1일 1작이죠). 거기에 붙인 이름이 '오늘의 날씨'였어요. 날마다 누군가나 무엇을 그린 후, 그의 입장에서 날씨 중계를 하는 겁니다. 자유롭게 이야기를 펼쳐 보는 거죠.

이 책에서 처음 공개하는 건데요. 여러분은 지금 어디서도 볼 수 없을 만큼 엉망진창인 그림을 보는 행운을 가졌습니다. 아마 이런 그림은 돈 주고도 보지 못할 거예요. 고3인 우리 딸 휴대폰의 프로필 사진은 한동안 뒤에 있는 '라릴고' 그림이었어요. 보면 막 웃음이 난다나요. 전 그림 솜씨 때문에 자주 절망하지만요. 한편으론 개그맨의 마음을 알 것 같아요. 웃길 수만 있다면 기꺼이 망가지는 그들. 그렇다고 제가 일부러 망가진 건 아니에요. 그냥 처음부터 망가져서 태어났어요. 괜찮아요. 위로는 사양할게요. 웃어만 주세요. 그림은 못 그려도 시는 쓸래요. 시를 쓰려는 제 노력이 이렇게 가상합니다.

이제부터 1일 1그림 1산문시로 날씨를 전해 드릴게요. 여러분의 시심 심지에 불이 붙기를 바라는 절절한 마음으로 붉어진 얼굴을 감추며 공개합니다. 낙서 시로 받아들여 주셔도 좋습니다. 시처럼 보이지 않을 수도 있지만 읽다 보면 문장과 문단을 통해 운율(리듬)을 느낄 수 있을 거예요. 숨은 시의 뜻도 찾을 수 있죠.

그리고 여러분의 낙서 시 기다린다는 사실, 잊지 않으셨죠? 가벼운 마음으로 쓱쓱 그린 낙서로 쓴 '오늘의 날詩'를 기대할게요.

'라릴고'의 우중충한 하루

한없이 우울한 날씨라고밖에 말할 수 없음에 기가 막힙니다
내가 고릴라로 살아가는 데 용기와 희망을 주기는커녕
자괴감이 들게 하는 사람을 만났습니다

고릴라 그림을 보고 그린 것 맞습니다.

발그림 수준인 것도 맞습니다.

재주 없음에 용감함만 장착되면 한 고릴라의 생을 망칠 수도 있다는 생각이 듭니다

이제껏 오늘과 같은 일은 없었습니다

그림을 무지 못 그린다고는 미리 말하더라고요

그러나 설마 했습니다. 고릴라가 라릴고가 되는,

정체성에 오류가 생기는 일은 좀처럼 일어나지 않으리라 생각했거든요

그런데 나는 그리되고 말았습니다

생각해 보세요. 고릴라처럼 그리기 쉬운 동물이 어딨습니까

오죽하면 그리기 교본 초급에 고릴라가 들어 있을까요

핵심은 털입니다

털만 잘 그리면 누가 봐도 고릴라가 됩니다

털 없는 고릴라로 만들진 않겠죠

그런데 말입니다. 털 없는 고릴라보다 무시무시한 것은

털 있는데 "이건 뭐지?"라는 말을 들어야 하는 일입니다

털이라도 없다면 한 털 한 털 그려 넣으면 되죠

문제는 털이 났구나 할 만큼 털은 있습니다

그러니까 털은 있습니다

그런데…

누구죠? 이건!

몹시도 우울합니다 우중충합니다 그로기 상태입니다
나의 묘비명엔 이렇게 적힐 것입니다
"원숭인지 킹콩인지 반달곰인지 대체 뭔지 모를 유기체 여기 잠들다."

저승에서조차 동족의 무리를 찾아 헤맬 가련한 영혼,
이 영혼을 굽어살피시어
뭔지 모를 저를 고쳐 줄 유능한 분은 어디 안 계실까요?
맞습니다 이것은 구인 광고입니다
라릴고에서 고릴라로 돌려 줄 화가를 급히 찾습니다
그림 좀 그리는 어린이라도 환영합니다
고릴라의 일생이 달린 일입니다

모자 여러분,
강풍 주의

바람은 가끔 자신의 세기를 재라고 떼를 쓰죠
내가 날아간 거리를 재면 당신의 세기를 알 수 있다나요
어젯밤 걷잡을 수 없는 바람이 불었어요
얼마나 멀리 슈우우웅 휘이잉 날아갈지 알 수 없어

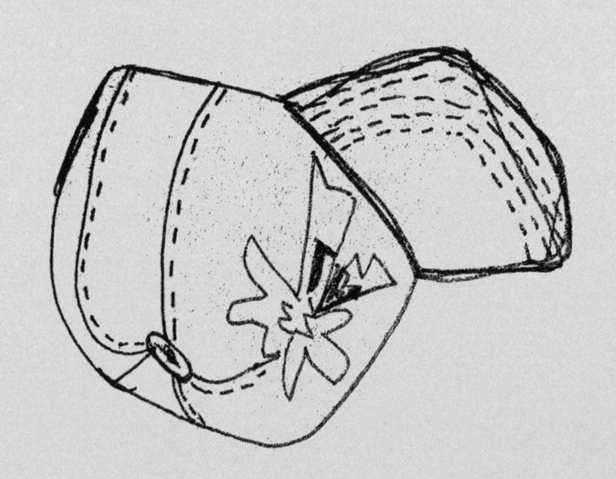

처음 뒤집혀서

상기된 표정입니다.

정신을 바짝 차려야 했죠
나를 붙잡고 있는 주인님의 팔뚝 근육이 용을 쓰는 게 보였어요
불룩불룩, 팔에 불룩한 길들이 생기던걸요!
나도 안간힘을 쓰며 버텼어요
나는 알거든요 이 바람도 언젠가 멈춘다는 것을

어쩌면 삶은 바람을 견디는 일이겠죠
강풍에 끄떡없는 이가 있는가 하면
어떤 이는 약풍에도 고꾸라지더군요
내가 버틸 수 있는 만큼 버티는 거예요
혹여 날아가게 되더라도 바람이 원하는 대로
바람의 세기를 재면 되죠 뭐
내가 날아간 거리가 얼마인지

바람도 예의가 있고 양심이 있어서 내내 강풍으로 남지 않아요
바람은 바람이라 사라지는 운명을 살죠
나는 모자라서 바람의 세기를 재야 하는 운명을 타고났고요
아침에 보셨죠?
바람은 정해 준 운명을 거스르지 않고 사라졌어요
어젯밤 나는 주인님의 체력만큼 버텼지만

멀어지는 바람을 배웅하러 날아갔어요 그리 멀리는 아니고요
바람은 또 오겠다는 인사를 남기더군요
다음엔 시원한 바람이나 따스한 바람으로 만날 것을 믿어요

미스 플라워는 바깥과 상관없이 맑음

심사위원부터 소개하는 게 좋겠어요
심사위원 덕분에 우리는 왕관을 썼으니까요
심사위원은 갓 이사한 아줌마네 집에 커튼을 달아 주기로 한
커튼 가게 사장님이에요
예쁜 집에 사르륵하는 레이스 커튼을 달고 만족해하고 있었는데
아뿔싸, 아이 방과 주방 창에 건 커튼 사이즈가 안 맞는 거예요
치수 재고 다시 제작하는 수밖에요
집주인 아줌마는 좀 우울했죠. '하필이면 우리 집에….'
이런 생각이 스쳤거든요. 하지만 참았어요
이미 엎질러진 물이니까요

사장님은 주문을 다시 하고 며칠을 기다리게 해서 미안했어요
고객에게 마음을 표현하기로 했죠

이 꽃들의 색깔은
여러분이 입혀 주세요.
이름도 불러 주세요!

커튼 가게 옆집인 우리 집으로 온 거예요
그 사장님이 딱 세 송이를 골랐어요
우리가 뽑힌 꽃이에요. 진, 선, 미.
무슨 꽃인지는 몰라요
당신이 떠올리는 꽃이 바로 우리예요

꽃집에서 가장 예쁜 꽃에 뽑힌 우리는 아줌마네 집으로 왔어요
아줌마는 하얀 식탁 위에 우리를 올리고 뚫어져라 보며 엄청 행복해하더라고요
우리는 꽃집에 있던 무수한 꾸러미 중 하나일 뿐이었는데요

김춘수가 노래했죠
"내가 그의 이름을 불러 주기 전에는
그는 다만
하나의 몸짓에 지나지 않았다.

내가 그의 이름을 불러 주었을 때
그는 나에게로 와서
꽃이 되었다."

사장님 손에 뽑히기 전에 우리는 다만
웅크린 송이송이에 지나지 않았죠
사장님이 가리켰을 때 우리는 플라워 중의 플라워
미스 진선미가 되었어요. 마음을 전하는 전령이 되었죠

우리들 꽃말은 '사과' '이해' '감사'예요
진: 늦어져서 미안합니다
선: 며칠만 양해 부탁드립니다
미: 기다려 주시고 이해해 주셔서 고맙습니다
꽃이 꽃으로서 쓰임을 다할 수 있어 행복합니다
오늘은 바깥 날씨와 상관없이 맑음입니다
날씨가 좋고 나쁨은 마음이 정하는 일임을 깨닫습니다

오락가락하는 문어랍시고

이것은 '문어가 납시었다!'
우렁차게 자랑스럽게 말할 수 있는 그림이 아니고 '문어랍시고'입니다
발이 8개라서 간신히 문어임을 말해 주고 있습니다

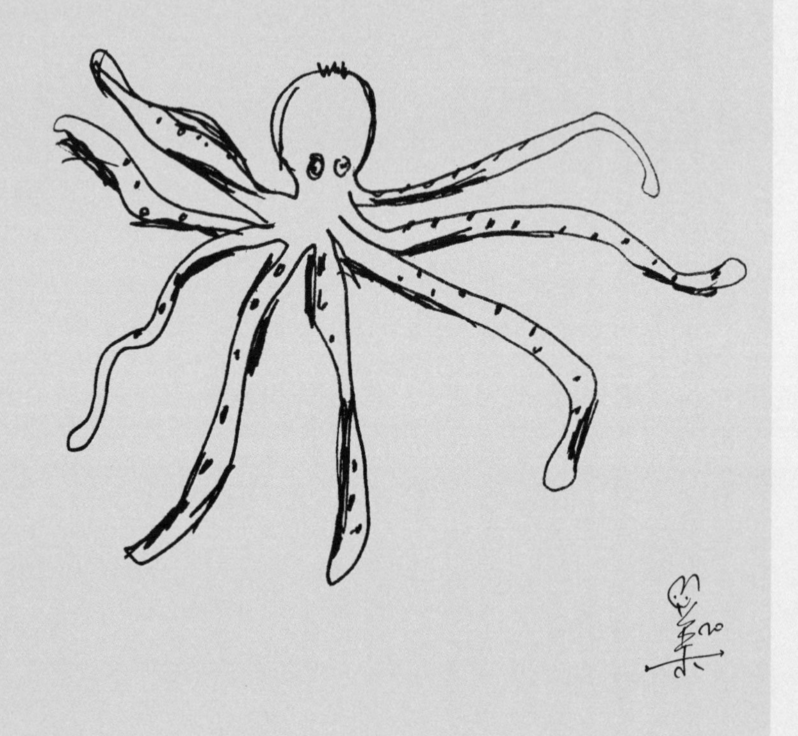

먹물은 어디 있냐고요?
문어를 화나게 하세요.
먹물을 토해 낼 겁니다.

여덟 자루의 붓과 먹물을 가지고 있군요
문어랍시고 납신 이 문어는 오늘 무슨 글을 쓸까요?

첫 번째 붓: 어제 그 드라마 진짜 재밌던데 원래 웹툰이라지?
웹툰은 어떻게 만드는지 공부해 볼까?
두 번째 붓: 〈동시 메아리〉 방송 펑크 낼 거야? 그 원고부터 빨리 써야 하지 않나
세 번째 붓: 여름호 청탁 원고 여태 한 줄도 안 썼더라
네 번째 붓: 봄도 아직 멀었는데 천천히 써. 마감이 스승이라잖아.
닥치면 다 쓰게 돼 있어. 그니까 오늘은 좀 놀고 보는 건 어때?
다섯 번째 붓: 받은 책들 봉투도 안 뜯었네. 얼른 답장을 줘야 하지 않아? 책 잘 받았다는 인사 문자부터 보내야 하지 않느냐고
여섯 번째 붓: 강연 원고 보냈어? 아 맞다 오늘 보냈다고 했지
일곱 번째 붓: 심사 소감은 썼어? 이번 주까지다. 독촉 전화 오게 하지 마라. 넌 며칠째 물구나무서서 뭐 하냐?
여덟 번째 붓: 건들지 마. 나 지금 글 잘 쓰려고 몸 만드는 중이니까

'문어랍시고'가 납신 김에 오늘 스케줄을 여쭤봤습니다만

도통 뭐라고 전해 드려야 할지 정리되지 않습니다
붓은 한 자루로 족할까요
'문어랍시고'의 오늘 날씨는
8개씩이나 되는 붓으로 종횡무진 하리라 기대했으나
오락가락, 횡설수설할 듯하다고 전합니다

미스터 나이프의
땅콩 크림 마스크

이곳은 윌버 레스토랑 창가 테이블 A3번
아, 눈부셔!
식빵은 커피와 함께 입장한 칼이 내뿜는 빛 때문에
눈을 뜰 수가 없어요
눈인사를 나누고 서로의 모습에 조금 익숙해졌어요
실눈이 점점 제자리를 찾아갔어요
칼, 아니 나이프라고 하는 게 어울리겠네요
여긴 식당이나 밥집이 아닌 레스토랑이니까요
동그란 접시에 납작한 식빵 그리고 나이프
나이프는 식빵이 앉은 곳으로 다가가더군요
그리고 말했죠

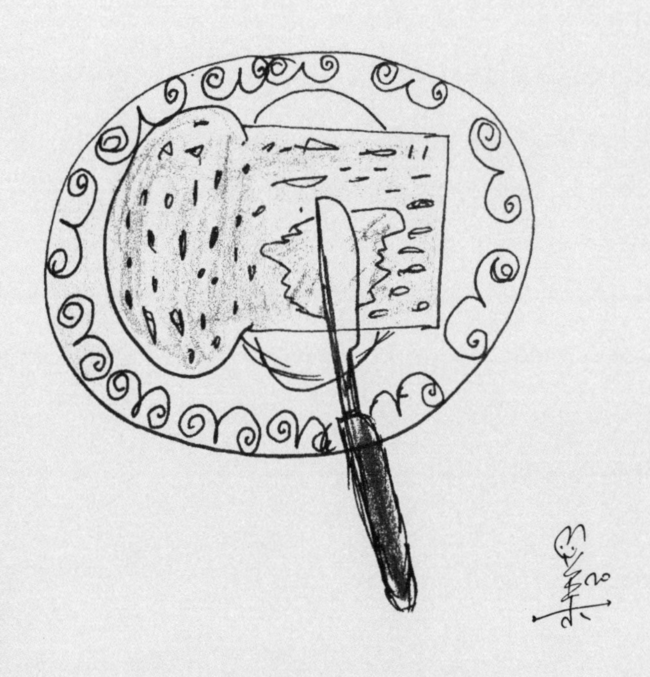

땅콩 크림 향이 나는

마스크.

고소할 거예요.

“저어, 미스 브레드, 마스크를 씌워 드려도 될까요?”

식빵은 대답하는 것도 잊은 채 나이프를 바라봤죠

저렇게 반짝이는 나이프라면 베인다 해도 여한이 없을 거란 생각이 들었어요

연미복을 걸친 듯 예의를 갖춰 정중하게 묻는 나이프의 목소리에

정신을 잃을 지경이었어요

나이프는 식빵의 눈에서 말을 읽었죠

‘아무렴. 당신 뜻대로 해요.’

나이프는 정성스러운 손길로 땅콩 크림 마스크를 씌워요

땅콩 크림 향이 코를 간질이고 적당히 까끌까끌한 촉감을 느끼는

식빵의 미소가 완벽하게 숨겨졌어요

마스크를 씌워 주는 이 섬세한 손길이라니!

식빵은 날카로운 얼굴을 가진 나이프가

실은 참 매끄러운 마음을 가졌음을 알게 됐어요

평생을 걸어도 좋겠다고 생각했어요

오늘의 날씨는 미세먼지가 150㎍/m^{3}를 기록, 매우 나쁨이므로

꼭 땅콩 크림 마스크를 쓰시기 바랍니다

시가 오기 좋은 날,
운동화 반창회

오래 잤다

자도 자도 자고 싶은 게 잠의 충직한 버릇이다

'외출을 하려나'

주인님 발이 노크도 없이 들어온다

길을 나선다

수많은 신발이 인사를 건넨다

인사할 겨를도 없이 뛰어가는 녀석도 있지만

목적 없이 휘적거리는 녀석들도 있다

게임 중독자를 주인으로 둔 친구, 한 달 만에 나왔단다

우울증에 걸린 주인을 모시는 친구, 얼마 만에 보는 햇살인지 모르겠단다

일자리를 알아보러 날마다 다니느라 밑창에 물집이 생겼다는 친구도 만났다

거리에 있을 때 더 잘 어울리는 친구들. 수다를 피웠다

그리고 깨달았다

"몸이 움직이는 대로 머리가 움직인다."

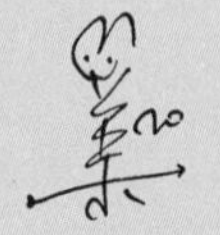

지저분해 보이죠?
그만큼 열심히
살았다는 뜻이에요.
결벽증은 없다는 뜻이기도 하고요.

우리가 가는 길에 생각이, 마음이 기다리고 있다는 뜻이다

집을 나서라!

초인종 따위 안 누르고 쳐들어와

두 발을 쑤욱 넣으며 놀라게 하고

터벅터벅 길을 나서도 까짓거 괜찮다

좋은 생각을 주우려거든 몸을 움직여 길을 나서라고

이 연사 외칩니다

ps.

신발은 원래 '발이 신남'이란 뜻이에요

날이 좋아서, 날이 좋지 않아서, 오늘이라서!

시가 오기 참 좋은 날입니다

콩이 되어 읽어 보자

시와 산문의 차이

8

가끔 이런 질문을 받습니다. “시와 산문은 어떻게 다른가요?”

긴 시와 비슷한 분량의 산문 한 문단을 보여 주며 시와 산문을 구분하라고 하면 우리는 대부분 쉽게 구분해 냅니다. 시는 시라서 시입니다. 저절로 느낌이 옵니다. 그래도 굳이 구분하자면 시적 장치를 동원해 함축미를 살려 썼다면 시입니다. 짧아도 시적 장치가 없으면 산문(소설, 수필, 일기 등)입니다.

시적 장치엔 뭐가 있을까요? 여러분이 아는 상식 그대로입니다. 내재율이니 외형률이니 어쩌고저쩌고…. 수업 시간에 귀가 따갑도록 들은 수사법도 있죠. 은유법, 직유법, 대구법, 활유법, 과장법, 점층법 등을 활용하고 운율을 더해 쓰면 시입니다.

산문을 시로 바꿔 보거나 시를 산문으로 바꿔 보면 좀 더 와닿을 거예요.

지금부터 소개할 〈콩나물국밥〉은 산문으로 먼저 쓰고 시로도 써

봤습니다. 쓸거리를 만났을 때 굳이 운문 산문 나눠서 쓸 필요 없습니다. 시 먼저 쓰고 산문으로 쓸 수도 있죠. 형식 불문하고 자기가 쓰고 싶은 대로 쓰면 됩니다. 삶을 표현하는 도구가 문학이니까요. 더 표현하기 쉬운 형식을 고르면 됩니다.

콩-콩나물-콩나물국밥

전주로 여행 갔을 때입니다. 전라도는 어쩜 이렇게 인심이 좋을까? 푸짐한 밥상을 대하며 저의 시는 출발했습니다. 맛있어서 마음에 꽂힌 콩나물국밥을 품고 며칠을 살았죠.

풍성한 이야기를 만들기 위해서(내가 모르는 사실이 있기 마련이죠), 또 정확하게 알기 위해서(예를 들면 민들레 '씨앗'을 홀씨, 즉 '포자'로 잘못 알고 있을 수 있죠) '콩나물'을 사전에서 찾아봅니다(콩나물은 먹을 줄 아니까 콩나물에 대해 다 안다고 생각하면 오산이죠. 꼭 사전 찾기!).

콩나물은 콩에 광선을 쬐지 않고 발아시킨 것이라는 정의로 시작해서 콩나물의 영양 및 효능, 콩나물 재배법, 고르는 법, 손질·보관·활용 방법까지 요약되어 있습니다. 콩나물 사진도 있네요.

다음으로는 여러 매체에 실린 기사와 글을 찾아봅니다. 뉴스 카테고리로 검색하면 최근부터 과거까지 관련 글들이 쭉 있습니다. 다 읽을 필요는 없고, 제목을 보고 독특한 시각이다 싶은 글은 훑어

콩나물
콩에 광선을 쬐지 않고 발아시킨 것
대두를 발아시켜 싹을 틔운 **콩나물**은 아삭한 식감으로 나물을 만들어 먹어도 좋고, 국을 끓일 때 넣어 시원한 맛을 내기도 한다. **콩나물**에 함유된 아스파라긴산은 해독작용을 하므로 숙취 해소 음식으로 많이 활용된다. | 외국어 표기 | soybean sprout(영어) | | 분류 | 채소 > 새...
우수 식재료 디렉토리

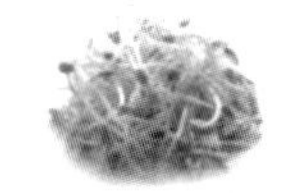

콩나물
콩에 광선을 쬐지 않고 발아시킨 것. 콩을 물에 담가 불린 다음 시루에 볏짚이나 시루밑을 깔고 그 위에 콩을 담아 어두운 곳에서 고온다습하게 하여 발아시킨다. 마르지 않도록 물을 자주 주고 5~7 cm 가량 자랐을 때 먹기 시작한다. 빛깔은 흰색이나 담황색의 것이 좋고, 비타민 B21, C가 ...
두산백과

보관법 냉장 보관을 할 때는 빛을 차단하기 위하...
칼로리 30kcal (100g)
특징 콩나물은 대두를 발아시켜 뿌리를 자라게 한...
효능 비타민 C와 아스파라긴산이 풍부하게 들어...
활용 국, 나물, 볶음요리, 조림, 전 등 많은 요리에 ...
제철 연중계속

봅니다. 독창적인 글을 쓰는 데 도움을 주니까요.

당시 저는 법정 드라마를 보고 있었어요. 무슨 법 무슨 법 몇 조 몇 항. 그런 걸 듣다가 생각해 낸 게 인정법(사람이라면 응당 갖고 있는 마음, '인정'에 '법'을 붙인 겁니다. 제가 만들었죠)이었습니다.

그리고 옛 말투를 흉내 낸 문체로 콩(콩나물)의 입장에서 쓰면 재밌겠다는 생각에 산문부터 쓰기로 했습니다. 읽다 보면 제가 콩나물에 대해 얼마나 열심히 공부했는지 알게 될 겁니다.

자, 콩이 되어 읽어 볼까요?

> 시월하고도 열하룻날. 햇살이 따사롭구나. 푸른 하늘 흰 구름이 쳐다보기 민망할 만큼 고우니 내 맘도 부풀부풀, 과연 출

가의 날로 삼을 만하다.

나 자라기까지 험난한 풍파를 겪었으니. 폭풍이 치고 장마가 지나가고 어질어질 세상이 두 쪽 날 것 같은 날도 많았지. 그뿐인가 세 이랑 32평, 우리의 주인 할매가 장에 가다 넘어져 허리를 다치는 일까지 일어났었다. 나를 돌보고 싶지 않은 마음으로 그리한 것이 아니라 그야말로 어쩔 수 없이 김을 매주지 못하고 나를 안타까이 지켜볼 수밖에 없었겠다. 고로 나는 풀 반 콩 반인 곳에서 어떤 외압에도 흔들림 없이 알을 맺어 콩 중에서 으뜸 콩이 되어 우리 할매에게 수확의 기쁨을 주었으니 내 이름은 쥐눈이콩이라.

내 속을 까뒤집어 보여 줄 것 같으면 속이 파란 서목태鼠目太와는 달리 속이 노란 서안태鼠眼太이니 겉은 검으나 속은 노랗다. 겉과 속이 다른 것은 내 몸을 보호해 결국 인간을 널리 이롭게 하리라는 신념을 구현하고자 위장한 것이니 겉 다르고 속 다르단 욕은 호랑이 밑이나 닦는 데 쓰라고 할 일이라. 우리 조상은 예로부터 콩나물용으로 각광받아 온 위대한 종족이다. 우리가 얼마나 좋은지는 역사가 증명하고 있다. 일일이 입 아프게 열거할 수는 없고 몇 가지만 읊어 보련다. 일찍이 조선의 성호 이익 선생은 콩 요리를 즐겨 먹자는 삼두회三

豆會까지 조직하여 친척들과 둘러앉아 우리를 잡수시더니 83세까지 장수하였다. 곡류엔 별로 없다는 아미노산까지 풍부하니 젊어지고 싶은 사람, 예뻐지고 싶은 사람, 어찌 우리를 마다하리오. 그뿐인가? 해독 작용은 물론 신장병, 당뇨병이나 눈에도 좋고 산모의 젖을 나오게 하니 애국, 애족하며 불로장생 버금가게 한다. 그 역할이 가히 칭송하여 기록할 만하지 않은가.

지체 높은 양반들이 먹어서 내 어깨가 으쓱으쓱 올라가는 건 절대 아니다. 그 사람들이 먹었다고 해서 콩나물값이 두 배로 뛰진 않으니 이 양심적이고 서민적인 나물을 어찌 우러르지 않을 수 있겠는가. 우리는 조상 대대로 서민들 식탁을 책임졌으며 그게 가장 보람된 일이라 자부심을 갖고 있다. 이를 명심 또 명심해 주기 바라는 작은 소망을 가져 보는 게 결단코 죄는 아닐 터.

내가 출가한 이야기로 다시 돌아가고자 한다. 휘부염하게 밝아 오는 새벽녘, 할매는 정갈한 쪽머리에 흰 머릿수건을 썼다. 바가지를 앞에 두고 탱탱해진 나를 포함한 우리를 일일이 출가시켰다. 세월을 이긴 우직한 손이 나를 깍지 집에서 나오게 하더니 바가지에 풀어놓더라. 너럭바위 같은 할매 손에 넙죽 절하고 출가의 예를 갖췄다. 반도롬허게 잘 자랐다며 우리가 견뎌 낸 세월을 치하하는 것을 잊지 않으시니 하해와 같은 농부의 마음을 우리 가슴속에 꼭꼭 쟁이리라.
나를 옴시래기 담아 두는 할매를 보며 수행의 시간이 기다리고 있음을 직감했다. 아시다시피 우리는 콩깍지 하나에 딱 둘만 들어 있지. 금실 좋은 부부처럼 한방에 둘만 살면서 햇볕을 받고 빗물을 품어 누군가에게로 가 다시 태어날 준비를 하고 있었음이라. 호적상 이름은 비슷해도 완전히 다른 집안인 줄 알아챘는지 심심하면 갉아 대는 족속인 서생원鼠生員의 이름을 따 우리를 부르는 것이 심히 언짢으나 사람들 하는 짓이 어디 마음에 안 드는 게 한두 가지던가. 다른 사람은 모르나 우리 할매의 정성은 눈물겹기 그지없으니 서운한 맘을 토로하는 건 이쯤에서 그만두련다.

할매는 3대째 내려오는 장인의 솜씨로 구워 냈다는 시루를 수세미로 몇 차례 씻고 또 씻어 엎어 물기를 빼고 우리 동안거 채비를 서둘러 마치더라. 여러 시간 우리는 물속에 몸을 담근 채 옛 찌꺼기를 털어버리듯 들어앉았다가 나왔다. 삼발 막대기 위에 걸쳐진 시루와 바가지가 우리로 하여금 각오를 다지게 하였겠다. 와르르 한꺼번에 시루 위 하얀 천에 얹히니 바야흐로 동안거에 들었노라. 세상사 모든 인연을 끊고 차가운 질그릇으로 지어진 원룸에 안착한 우리는 검은 보자기를 쓰고 콩나물로의 환생을 꿈꿨다.
할매 방 한 켠에 놓인 우리는 무시로 물을 먹으며 쑥쑥 자라났으니 똑똑 똑똑 우리가 흘려보낸 물방울은 동굴 노래나 다름없으리. 할매 귀에는 낙숫물 소리처럼 정겨웠겠다. 밤에도 할매는 우리를 격려하며 지고지순하게 돌봤고 우리가 득도할 날이 머지않았음을 온몸으로 느꼈다. 발이 나와 키가 쑴북쑴북 자라니 물만 먹고도 뻗어 나가는 그 위력은 시루도 뚫을 기세였다. 할매는 기쁨을 감추지 못하고 헤벌쭉 웃으며 삭신이 쑤신 것도 잊을 만하다 하였으니 할매의 사랑은 끝이 없었도다. 부사리마냥 치밀어 올라 시루 밖으로 몸을 내밀었을 때 세상이 보였다. 앞다퉈 쏟아지는 햇살에 눈이 부셨다. 동안거를 끝낼 시간인 것이다.

이에 할매는 펑퍼짐해진 엉덩이를 방바닥에 붙인 채 전화기를 잡고 수선거린다. 깨구락지 나왔는디 꾀복쟁이 같은 손주들 보여 주러 오니라, 복숭아가 달게 잘 익었으니 가져가거라 등등 철철이 자식들을 불러 모으듯. 자식들은 귀찮다 하다가도, 바쁘다 하다가도 고향 집에 5남매 그득 모이면 좋더라고 후기들을 남긴다. 간혹 제철이 돌아왔는데도 할매 전화가 없으면 그게 더 걱정이 되어 먼저 슬며시 전화를 넣어 보기도 한다는데.

아들딸들아, 어여 오너라. 불러 모으는 전화가 오늘은 우리 때문이다. 우리의 거듭남을 축하해 주러 오라는 용건이니 이제부터 큰스님 같은 할매의 손길은 분주해지고 선발대로 불려 나가는 동지들이 있어 우리 원룸엔 그나마 두 다리 뻗을 자리가 생기게 된 것이었겠다.

거추장스럽게 걸쳤던 검은 모자까지 다 벗고 노란 속살을 오롯이 보여 주며 신문지 위에 누웠지. 하늘 끝 모르고 뻗어 올라가느라 한눈팔지 않았고 눈곱도 떼지 못한 우리 몸에 흠은 없는지 요리조리 살피며 몸단장을 해 주는 할매 손이 어여쁘기만 한데. 무엇이 될까 우리는 콩닥거리는 가슴을 진정시키기 어렵다.

잘 다듬어진 우리 몸을 다시 한 번 물로 씻어 물기를 빼고 뜨거운 물에 담갔다가 부뚜막에 올려놓으니 어느덧 마당으로 들어온 자동차 소리가 산새들을 퍼덕이게 하더라. 우리는 마음을 다잡으려 눈을 감았다. 굵은 멸치와 무, 다시마가 한 솥에 제 몸을 던져 쌉쏘롬한 냄새를 봉울봉울 피워 내며 우리에게 때가 되었으니 준비하라는 통지를 넣는데 오히려 두 근 반 세 근 반 출렁이던 심장이 다소곳해졌다. 필시 콩 맛의 최고봉은 콩나물국밥임을 입증할 시간이 임박했구나. 그간의 세월이 주마등처럼 지나가며 나의 일대기를 끝낼 시간 또한 다가왔음이라. 몇 대의 자동차 소리가 이어지고 나는 송송 썬 파와 풋고추, 후추와 새우젓에 섞여 뚝배기에 담겼다. 매운맛, 쓴맛이 서로 엉켜 인생사를 이루듯 한바탕 격랑을 겪고 정신 차려 보니 두 개의 눈이 나와 눈을 맞추네. 한데 모인 식구들의 코와 혀가 안달을 낸다. 혀 델라 잠시 진정하고 수란 하나에 김을 섞어 한 숟갈, 오장육부에 신고식을 마치니 숟가락이 열을 내며 쉴 새 없이 오르내리는구나.

매콤함에 흐르는 콧물을 닦으랴 이마에 맺힌 땀방울을 닦으랴 상체 오만 근육이 움직이니 콩나물국밥을 먹는 수런거림이 할매네 집을 넘어 온 동네에 퍼졌다.
만년 과장이자 할매네 장남인 이 과장님. 집안일 하랴, 택배회사 전화 상담 일 하랴 갱년기가 일찍 왔다는 둘째 며느리 오 여사님. 벌써 흰머리가 난다는 이 대리님. 애 키우기 힘들다는 셋째 며느리 박희수 씨. 새벽 두 시까지 시장에서 닭을 튀기는 큰딸. 예쁜 사회 초년생 막내딸까지. 두루두루 다 모여 앉아 한 상 질펀하게 잔치가 벌어졌구나.
우리 어머니 콩나물국밥 솜씨는 눈 씻고 찾아봐도 없더라는 아들딸의 찬사를 들은 할매는 그 말을 믿기 어렵다는 듯 퉁을 놓으면서도 배시시 웃음이 나오고 뻐근하게 가슴이 차오르는데, 하나 잊은 게 있으니 새 생명으로 환생하는 우리의 명복을 빌어 주는 일이라.
뒤늦게 명복을 비는 할매의 마음을 달빛 아래 읽으며 5남매 일가족 배 속에 담긴 우리는 자동차에 실려 전국 각지로 떠났다.

불끈불끈 힘이 솟게 하는 우리 콩 맛을 잊지 못하는 것인지, 할매의 손맛을 잊지 못하는 것인지 언뜻언뜻 콩나물국밥이 생각나더라는 5남매. 그리움을 안겨 할매에게 가는 걸음을 종용하는 것의 정체는 뭘까?
비밀의 열쇠는 할매가 가지고 있었다. 콩나물국밥에 조미료를 탔단다. 절대 법에 저촉되지 않는 천연 유기농 가루. '엄마 맛'이라는 가루, '고향 맛'이라는 이 가루 첨가는 인정법人情法 제1조 1항에 해당하는 것으로 음식엔 마음을 꼭 보태야 한다는 조항이라 한다!

김미희, 〈인정법人情法 제1조 1항: 마음을 보태야 한다
-콩나물국밥〉

〈콩나물국밥〉

콩이 콩나물로 자라 콩나물국밥이 되는 긴 산문은 짧은 시로 변할 수 있습니다.

시는 팽팽한 활시위 같아야 하므로 산문에서 시가 될 만한 거리를 골라서 가져오는 게 중요합니다. 콩나물에 대한 무수한 설명 중 무엇을 가져올래요? 시로 꼭 전달하고픈 뼈대는 무엇인가요? 콩나물의 효능? 엄마표 음식에 깃든 추억? 콩나물이 되는 과정? 시인이 선택해야 합니다.

저는 엄마표 음식에 대해 이야기하기로 했습니다. 주제는 음식에 담긴 엄마 사랑, 밥상의 추억이 가진 힘 등이 되겠죠. 콩나물국밥이라는 소재는 산문이나 시나 같습니다. 비유나 직유, 운율 등 시적 장치를 생각하며 시로 빚으면 됩니다.

엄마 맛 천연 가루
눈에 보이지 않고

마음으로 보아야 보이는 가루
몸 안에 아로새겨지는 조미료

힘들고 지칠 때 불쑥
엄마 보고 싶을 때 불현듯
고향 가고 싶을 때 꼬옥
자석 같은 DNA 우리를 당기네
곰이 사람 되듯
어둠 보자기를 견디고
쥐눈이콩에서
정성과 인정으로 태어난 고향의 맛

맛있는 걸 같이 먹은 기억은 힘이 세다지
밥상에 둘러앉았던 구수함으로 우리는 오늘을 산다

김미희, 〈콩나물국밥〉

에필로그

epilogue

피 시 방 도 시시방 되는 그날

코로나19라는 전염병 사태는 사람 사이의 관계를 악화시키고 단절과 고립을 키웠습니다. 쓰는 일이 전부인 저는 도서관이 열리지 않을 때 가장 괴로웠죠. 모든 책을 사 볼 수 없는데 대출을 못 하니 그게 제일 힘들었습니다.

왜 나는 쓰는 사람이 되었을까, 문득문득 생각해 봅니다. 읽기만 해도 행복한데 왜 쓰자고 들었을까. 고급 독자로 남지 않은 걸 후회하는 날도 있고요. 좋은 글을 쓰고 싶은데 맘 같지 않아 자괴감이 드는 날도 많습니다. 하지만 분명한 사실 하나는 쓰는 내가 좋다는 것입니다. 제가 쓴 시를 누가 읽어 준다는 것이 좋습니다. 그 시를 읽고 "좋아요"라고 말하는 독자들이 있다는 것이 저를 춤추게 합니다. 계속 쓰게 합니다.

세상에 시를 내놓는 일은 제가 살아 내는 방편이기도 합니다. 책을 읽고 시를 읽고 기쁨과 위로를 받으며 '나도 이런 작품을 쓰고 싶다'는 열망을 품죠.

시에는 좋은 시와 그저 그런 시가 있을 뿐 나쁜 시는 없습니다. 나쁜 일을 하도록 부추기는 시는 없으니까요. 시는 그렇기에 누구나 쓰면 좋습니다. 설령 좋은 시를 써내지 못하더라도 쓰는 기쁨을 줍니다. 성취감도 느끼게 합니다. 씀으로써 변화하고 성장하게 하죠. 꼭 쓰기를 권합니다.

다시 말씀드리지만 누구나 시인을 직업으로 가지란 말은 아닙니다. 시인, 이 직업으로 먹고살기 쉽지 않습니다. 그러나 시는 쓰는 것만으로 용기가 되고 희망을 줍니다. 무슨 직업을 갖든 시는 쓸 수 있고 그러므로 시인 할 수 있습니다.

여러분은 여러분의 삶을 노래하십시오. 거침없이! 청소년만의 빛깔이 있잖아요. 이 빛깔은 여러분만이 낼 수 있는 색입니다. 그래서 찬란합니다.

끝으로 제 고백을 덧붙이며 마칠까 합니다. 저는 '누구나 시를 쓰는 세상'을 꿈꿉니다.

"시청자 여러분 안녕하십니까? 오늘도 어제에 이어 청소년 중독 실태를 진단해 볼 텐데요. 요즘 청소년들이 심각하게 시에 빠져 있어 파문이 일고 있다면서요?"

"맞습니다. 매스컴의 게임 광고 자리를 시집 광고가 차지하고 있을 뿐만 아니라 연예인들도 시 읽는 모습을 경쟁적으로 SNS에 올리고 있고요. 청소년 장래 희망 1위가 시인이라는 것만 봐도 시 중독 현상이 어느 정도인지를 가늠할 수 있습니다. 지하철에서도 휴대폰으로 시집을 읽는 모습이 수시로 포착되고 있는데요. 시를 읽지 않는 사람은 유행에 뒤떨어진 사람 취급을 받는 실정에 이르렀습니다. 피시방들도 시시방으로 발 빠르게 업종 변경을 하는 중입니다…."

이런 뉴스가 나오는 날,

"시 쓰는 중. 조용히 통행하시오! 경적 절대 금지."

교문 앞에 이런 플래카드가 걸리는 날.

그날은 꼭 오고야 말 우리의 미래이기를, 부디 우리가 함께 꾸는 꿈이기를 두 손 모아 소망합니다.

시를 잘 쓰는 방법은 없을까요?

'꾸준히'만 하면 세상에 못 이룰 게 없습니다. 뭔가를 이루려면 1만 시간을 투자해야 한다는 말도 잘 알려져 있죠. 시를 잘 쓰고 싶다면 써야 합니다. 시간을 써야 합니다. '꾸준히'가 최고의 덕목입니다. 제가 3·3·3 쓰기법을 말하는 까닭입니다.

공책이나 블로그나 인스타그램 등에 날마다 쓰며 양을 늘리십시오. 처음엔 비장한 각오로 시작했으나 어느 순간 그만둘 수 있습니다. 며칠 멈추면 다시 발동 걸기도 쉽지 않고요. 그래서 저는 공모전에 응모하는 걸 권합니다. 교내 글쓰기 대회부터 시작해서 여러 가지 교외 대회에 응모하려면 써야 하고, 고쳐야 하고, 다른 친구들은 어떻게 썼나, 어떤 작품이기에 상을 받았을까 찾아 읽고 분

석하게 됩니다. 나도 잘 써야지 하고 자극을 받습니다. 그러다 보면 글쓰기 실력이 늘 수밖에 없습니다. 공모전 마감을 목표로 기를 쓰고 쓸 때 우리 뇌가 초인적인 힘을 발휘할 수도 있습니다. 작가들은 흔히 '마감이 스승'이라고 하죠.

그러므로 '꾸준히' 쓰고 '꾸준히' 응모하기 바랍니다. 상금 사냥꾼이 되란 말은 절대 아닙니다. 상금만을 위해 글을 쓰면 자존감을 잃기 쉽습니다. 쓰기 실력을 단련하고 격려를 얻는 방법으로 크고 작은 공모전을 이용하라는 말입니다. 심사위원 한 사람이라도 읽지 않습니까? 이미 독자 한 명을 확보한 셈입니다(공모전 사이트는 따로 소개하겠습니다).

상을 받는 시는
어떤 시일까요?

그건 좋은 시가 어떤 시냐는 말과도 같습니다. 좋은 시가 상을 받으니까요. 어떤 시가 좋은 시일까요?

① 시는 뭐니 뭐니 해도 삶이 녹아 있어야 합니다.
아무리 유려하고 독창적인 표현을 많이 쓰고 뛰어난 기교를 부렸

다 해도 울림이 없으면 그저 그런 시입니다. 삶을 노래한 시가 좋습니다. 감동은 진솔한 삶에서 나옵니다. 그런 시를 읽고 우리는 '진정성이 느껴진다'는 평을 하죠. 진심이 우러난 시, 그런 시는 삶의 모습이 담긴 시임을 명심하십시오. 머리로만 지어낸 시, 남의 시를 흉내 낸 시는 독자의 마음을 사로잡기 어렵습니다.

예를 들어 '어머니 마음은 하늘처럼 높고 크다'고 쓰기보다는 일하는 어머니가 한 말이나 어머니의 모습, 어머니를 사랑하는 마음을 묘사하는 게 더 마음에 와닿습니다. 자신만의 이야기를 해 보세요. 시는 머릿속 감상이 아니라 경험입니다. 경험이 구체적인 언어를 낳습니다. 체험 속에서 얻은 생각이나 상황을 세밀하게 묘사하는 연습을 할 때 좋은 시를 쓸 수 있습니다.

② 좋은 시는 독자에게 발견의 즐거움과 깨달음을 줍니다.
이런 시를 쓰려면 쓰는 사람이 먼저 감동을 일상화해야 합니다. 해가 지든 뜨든 아무런 느낌이 없고 누가 아프든 말든 관심도 없으면, 기쁨과 슬픔을 나누는 순간의 감동을 독자들에게 전할 수 없습니다. 시는 나에서 출발합니다. 내가 사는 삶이 나의 시가 됩니다. 내 삶을 먼저 돌아보고 사랑해 주세요. 작은 것에도 감격하고 감탄하고 관심을 주십시오. 감동을 많이 하는 사람이 창의력이 높다는 연구 결과도 있습니다.

③ 생생한 느낌을 살려 쓴 시가 좋습니다.

주변 사람이나 환경에서 받은 인상이나 찰나를 포착하는 것이죠. 그러려면 무엇보다 메모를 생활화해야 합니다. 생생함은 휘발성이 강해서 순식간에 날아가버리거든요.

④ 틀에 박힌 시를 거부해야 합니다.

시는 이래야 한다는 틀에 박힌 생각에서 벗어나 자유롭게 표현해야 좋은 시가 됩니다. 즐기면서 쓰는 일이 자유를 주죠. 저도 그렇고 많은 시인이 시를 써서 좋은 이유 중 하나로 스스로 즐겁다는 것을 꼽습니다. 창작의 기쁨은 창작의 고통을 몇 배 상쇄하고도 남습니다. 그래서 쓰나 봅니다. 자유롭게! 즐겁게! 쓰는 자의 모토여야 합니다.

⑤ 나만의 시 창고에서 좋은 시가 나옵니다.

좋은 시를 쓰려면 이론서를 많이 읽어야 하냐는 질문을 받는데요. 이론을 모르는 것보다야 낫습니다. 하지만 이론을 많이 안다고 해서 꼭 시를 잘 쓰진 않습니다. 언제든 좋은 시를 보여 줄 수 있을 만큼 시 창고가 그득한 사람이 시를 잘 씁니다. '좋은 시가 가장 좋은 교과서'라죠. 시집 한 권에 실린 시들이 모두 좋을 수는 없습니다. 시집마다 좋은 시를 가려 뽑아 나만의 시 창고에 모아 두기 바랍니다. 이게 나의 교과서입니다. 그 속의 시들을 모범으로 삼아 나만의 시 쓰기를 연습해 보십시오.

교과서가 되는 시, 심장을 뛰게 하는 시를 발견하려면 우선 많이 읽어야 하겠죠.

⑥ 여운을 남기고 가는 시가 좋은 시입니다.

짧지만 읽고 나면 한 권의 소설을 본 듯한 여운이 남는 시는 마음을 건드리고 갑니다. 어떤 문장에 혹은 어떤 시어 하나에 감탄할 수도 있고 시 전체가 주는 느낌에 마음이 움직일 수도 있습니다. 그런 시를 쓰도록 해야죠.

⑦ 되도록 짧게 줄여 쓰십시오.

쓸데없는 문장과 중복은 낭비입니다. 나만의 시어를 찾으려 노력하고 또 노력해야 합니다. 제가 그토록 '검색'하기를 강조하며 '시어 적합도'에 맞는지를 따져 보는 연습을 권하는 것도 나만의 시어를 찾는 방법이기 때문입니다. 어휘력의 차이가 시의 차이를 만듭니다.

⑧ 검색을 습관화하세요.

예전에는 종이 사전으로 했지만, 요즘은 인터넷이라는 정보의 바다가 있죠. 더 넓고 깊습니다. 네이버(Naver)에 검색하면 브리태니커 백과사전, 두산백과, 책, 블로그 게시글 등 여러 정보와 관련된 이야기들이 달려 올라옵니다. 다음(Daum)에는 '1%를 위한 상식백과'가 있고요. 풍부한 정보가 망라된 포털 사이트를 적극 활용하기 바랍니다. 뭘 쓸지, 어떻게 쓸지 모를 때 검색부터 하세요. 예를 들어 지퍼를 찾는다면 '나 지퍼 알아. 옷에 달린 거잖아' 이러지 말고 아무것도 모르는 아이처럼 '지퍼가 뭐지? 찾아볼까나?' 하고 검색하십시오. 그러면 자기도 모르게 영감이 스칠 것입니다. 경험자로서 다시 한 번 강조합니다.

⑨ 한글맞춤법에 맞게 쓰는 것은 기본입니다.
틀리기 쉬운 우리말까지 잘 가려, 옳게 쓴 시가 좋습니다. 특히 응모하려면 꼭, 반드시! 맞춤법에 맞게 써야 합니다. 필수입니다. 시는 산문과 달리 짧습니다. 그 짧은 문장 안에 맞춤법 오류가 보이면 거의 탈락입니다. 공모전에 낼 때뿐만 아니라 인터넷에 올릴 때도, 내가 아닌 한 명의 독자를 위해 맞춤법 검사기를 써 보세요. 글을 잘 쓰는 사람이 맞춤법에 어긋나게 쓸 확률은 낮습니다. 맞춤법 수준만 봐도 필력을 짐작할 수 있죠.

쓴 시를 응모할 수 있는 곳은 어디인가요?

꾸준히 쓰고 담금질할 수 있는 방법의 하나로 공모전 도전을 추천했는데요. 몇 군데를 찾아봤습니다. 응모하거나 공모 안내를 받을 수 있는 곳들입니다. 아래 소개하는 사이트들은 일부지만 공모전 정보를 많이 안다고 해서 다 참가할 수도 없을 것입니다. 자신의 능력껏, 습작 정도에 따라 도전해 보면 좋겠습니다. 부디 좋은 결과를 얻고 시 쓰기에 자신감이 생기면 더 좋겠습니다.

* 엽서시문학공모: www.ilovecontest.com/munhak
* 글틴: teen.munjang.or.kr
* 눈높이아동문학대전 청소년문학상: kiz.daekyobook.co.kr
* 이형기문학제 전국 학생문예작품 공모: http://cafe.daum.net/pulipary
* 김유정문학축제 백일장: www.kimyoujeong.org
* 박경리문학제 백일장: http://www.tojicf.org
* 충남청소년문학상: http://smart.edus.or.kr/cmy/cnsl.do
* 창작공방: https://cafe.naver.com/lordby/59694

출처 목록

김미희, 〈고양이가 물어갔어-야묘도추 감상〉, 《달님도 인터넷해요?》, 아이들판, 2007

______, 〈바닷가 점심시간〉, 《네 잎 클로버 찾기》, 푸른책들, 2010

______, 〈인정법人情法 제1조 1항: 마음을 보태야 한다-콩나물국밥〉, 《맛있는 이야기》, 글누림, 2011

______, 〈사과 집안을 본받아라-중력 1〉 〈성적-중력 5〉 〈수학 중독〉 〈꿈속에조차 따라와서〉, 《소크라테스가 가르쳐준 프러포즈》, 휴머니스트, 2015

______, 〈창작이란〉 〈수제비 인생론〉, 《마디마디 팔딱이는 비트를》, 창비교육, 2019

______, 〈버스정류장 친구〉 〈지극히 현실적인 구애〉, 《폰카, 시가 되다》, 휴머니스트, 2020

박승우, 〈다람쥐가 쳇바퀴를 돌리며 한 생각〉, 《말 숙제 글 숙제》, 학이사, 2016

성현주, 〈반달〉, 《제4회 충남학생문학상 수상 작품집》, 2020

이응인, 〈수박끼리〉, 《국어시간에 시 읽기 1》, 전국국어교사모임 편, 휴머니스트, 2012

이정록, 〈첫사랑〉_가을비단추, 《대단한 단추들》, 한겨레아이들, 2015

정민식, 〈시〉, 《착한 사람에게만 보이는 시》, 최은숙 편, 작은숲, 2016